BASTEI
LÜBBE

Aus der Taschenbuchreihe G. F. UNGER – Neuer Roman – sind nachstehende Romane erhältlich. Fragen Sie im Buch- oder Zeitschriftenhandel nach diesen Titeln:

---

45 057 Devil's Town
45 058 Red-River-Furt
45 059 Geh nicht, Jesse!
45 060 Texas-Richter
45 061 Steamboat-Ritter
45 062 Mann aus den Bitter Roots
45 063 Jagd auf Quade
45 064 Krieg im roten Tal
45 065 Der Colt war sein Schicksal
45 066 Gold River
45 067 Shannigan
45 068 Kiowa Trail
45 069 Last Chance Saloon
45 070 Montana-Mann
45 071 Sie war keine Lady
45 072 Sonora Amigos
45 073 Blutige Fährte
45 074 Longhorn-City
45 075 Mann im Blizzard
45 076 Verdammte Flagge
45 077 Gold King
45 078 Verlorene Stadt
45 079 Jamie und Clyde
45 080 Texas-Marshal
45 081 Cowboy-Wege
45 082 Die Gun-Sisters
45 083 Pferdejäger
45 084 Yellowstone-Tip
45 085 Flucht durch den Blizzard
45 086 Starretter
45 087 Main Street
45 088 Das Paar aus Louisiana
45 089 Wyoming Wade
45 090 Im Schatten der Coltritter
45 091 Einsam in der Hölle
45 092 Sündige Stadt
45 093 Scout-Ehre
45 094 Bandoleros
45 095 River Cat und River Lady
45 096 Longhorn Queen
45 097 Alle Brüder waren tapfer
45 098 Todesspiel in Warlock
45 099 Die mächtigen Vier
45 100 Wild River
45 101 Mullegans Jagd
45 102 Alles oder nichts
45 103 Warwicks Reiter
45 104 Catermain
45 105 Judy und der Killer
45 106 Ironman
45 107 Chaccos Krieg
45 108 Quincannons Ranch
45 109 Verlorener Bruder
45 110 Ein Mann gegen alle
45 111 Drei Asse
45 112 Einsamer Weg
45 113 Todespatrouille
45 114 Taggards Stern
45 115 Zaubercolt
45 116 Lockwood
45 117 Jagd ohne Gnade
45 118 Die War-Eagle-Saga
45 119 Sie nannten ihn Winterriese
45 120 Mort Cabes Gesetz
45 121 Mann im Fegefeuer
45 122 Büffeltöter
45 123 Blizzard-Patrouille
45 124 Die kein Erbarmen kennen
45 125 Bannisters letzte Jagd
45 126 Kriegswinter
45 127 Mit dem Teufel verbündet
45 128 Stampeden-Reiter
45 129 Gold Lady

G. F. Unger

Saloon der Erbarmungslosen

Westernroman

BASTEI
LÜBBE

BASTEI-LÜBBE-TASCHENBUCH
G. F. Unger »Neuer Roman«
Band 45 130

Erste Auflage: August 1991

Titelillustration: Salvador Faba/Norma Agency, Barcelona
Umschlaggestaltung: Quadro Grafik, Bensberg
Satz: Fotosatz Steckstor, Bensberg
Druck und Verarbeitung:
Brodard & Taupin, La Flèche, Frankreich
Printed in France
ISBN 3-404-45130-9

Frage an einen der vielen G. F. Unger-Leser:

Was gefällt Ihnen an den Romanen von G. F. Unger besonders gut? So gut, daß Sie diesen Autor immer wieder lesen und seine Romane sogar noch sammeln?

Antwort:

In den Romanen von G. F. Unger findet immer wieder der Kampf des einzelnen gegen das Schicksal statt. Menschen stehen zwischen Gut und Böse, müssen sich entscheiden und bewähren sich letztlich. Die Romane G. F. Ungers geben Mut. Das ist es wohl!

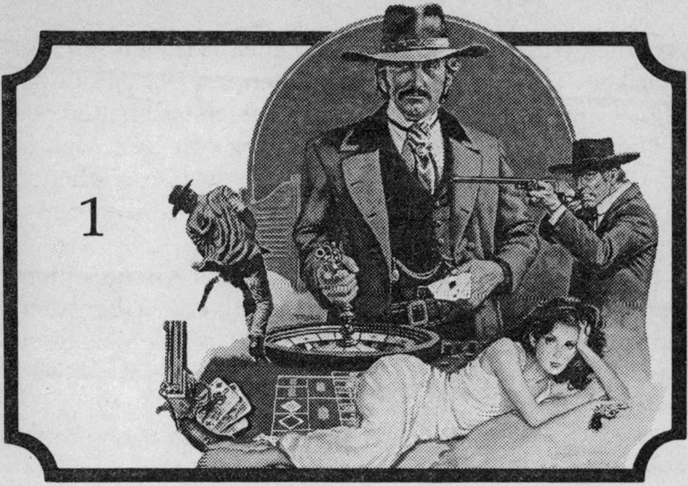

1

Als die Kutsche die Furt des Pecos erreicht, hält der Fahrer im seichten Wasser an, um dem Gespann eine Erfrischung zu gönnen.

Dann ruft er von seinem hohen Sitz herunter: »Hoiii, Leute, dies hier ist der Pecos! Und dort drüben liegt Rio Paso. Früher einmal eine schöne Stadt der alten Spanier. Jetzt gibt's da drüben nur noch den Rio Paso Saloon. Und ihr werdet euch wundern, Leute, denn der Saloon befindet sich in der Kirche der einstigen Mission, welche die alten Spanier damals von ihren indianischen Sklaven errichten ließen, um darin die Heiden zu bekehren, hahaha!«

Der Fahrer lacht wild, so als könnte er sich gar nicht mehr einkriegen.

Wenig später treibt er das Sechsergespann wieder an und fährt durch die flache Furt hinüber.

Der kleine und sehr alte Ort besteht aus der alten Mission, um die zwei oder drei Dutzend Adobehäuser errichtet wurden. Aber nun ist alles verfallen. Es regt sich kein Leben unter der brennenden Mittagssonne. Man könnte diesen Ort für eine Geisterstadt halten.

Und dennoch führt der Wagenweg von New Mexico zu den Sacramento Mountains, die zu den südlichen Rockies gehören und in denen man Gold findet, hier entlang.

Die Kutsche hält wenig später vor der Kirche, einem aus Bruchsteinen gemauerten Bauwerk. Über dem Haupteingang ist ein Schild befestigt, auf dem zu lesen ist:

Rio Paso Saloon
Der schönste Saloon
zwischen Pecos und
dem Rio Grande

Der Fahrer ruft nun: »Aussteigen, Leute. Ihr könnt drinnen eine Erfrischung bekommen, auch einen Happen zu essen. Ich lasse das Gespann auswechseln und komme in einer halben Stunde wieder her!«

Drei Männer und eine Frau klettern aus der alten Abbot-&-Downing-Kutsche und dehnen ihre steifen Glieder.

Die Kutsche fährt wieder an und hüllt die vier ausgestiegenen Passagiere in eine Staubwolke ein. Sie ergreifen gewissermaßen die Flucht in den Saloon.

Drinnen sehen sie sich staunend um.

»Ich kann es kaum glauben«, murmelt einer der Männer.

»Ein Saloon in einer Kirche«, spricht ein anderer.

Doch der dritte sagt kühl: »Warum nicht? Es war ja wohl keine Kirche mehr. Sie wurde offenbar von den Padres aufgegeben. Und so war es wohl das einzige feste und guterhaltene Gebäude in dieser alten Stadt.

Ich finde diesen Saloon recht originell. Da kommt Freude auf, wenn man in einem ehemaligen Gotteshaus zum Sünder werden kann. Ich denke mir, daß einem dann die Sünden mit Wohlwollen vergeben werden. Wo ist der Wirt?«

Sie sehen sich im Halbdunkel um. Es wirkt für sie noch intensiver als ohnehin, weil sie ja aus dem gleißenden Sonnenlicht hereinkamen.

Ja, es ist ein richtiger Saloon. Das ganze Kirchenschiff wurde mit der typischen Einrichtung eines noblen Saloons ausgestattet. Es gibt eine lange Bar, Tische und Stühle, Spucknäpfe, Billardtische und Spieltische für Faro, Blackjack und Roulette.

Auch eine Tanzfläche ist vorhanden. In einer Nische steht ein Klavier. Dies alles mag von einem Wagenzug hergeschafft worden sein.

Einer der drei männlichen Fahrgäste ruft nun lauter: »He, Bedienung! Wo ist der Wirt?!«

Aus einem Nebenraum kommt eine undeutliche Antwort. Wahrscheinlich war es früher mal die Sakristei.

Dann hören sie es etwas deutlicher. Eine heisere Stimme ruft offenbar mit letzter Kraft: »Hier. Kommt hierher. Ich brauche Hilfe. Kommt her!«

Sie folgen dem Klang der Stimme.

Die einstige Sakristei ist recht wohnlich, ja fast nobel eingerichtet. Auf einem Ledersofa liegt ein massiger Mann. Er ist halbnackt und hält sich ein blutiges Handtuch auf eine Bauchwunde, so als könnte er auf diese Weise das Auslaufen seines so kostbaren Lebenssaftes verhindern.

Als sie eintreten, starrt er sie mit großen Augen an und fragt heiser: »Ist einer von euch ein Doc – vielleicht gar ein richtiger Chirurg?«

Sie schütteln nacheinander die Köpfe, treten näher und umgeben ihn. Einige Atemzüge lang schweigen sie. Dann fragt einer der Männer:

»Freund, es hat Sie wohl ziemlich böse erwischt, nicht wahr?«

»Das kann man wohl sagen«, stöhnt der Mann auf dem Sofa. »Ich glaube, ich kratze ab. Nur wenn zufällig ein richtiger Doc mit der Kutsche gekommen wäre, am besten ein Feldarzt der Armee, der während des Krieges Erfahrungen sammeln konnte, hätte ich vielleicht eine kleine Chance gehabt. Ja, ich kratze ab. Diese Ramona hat mir das Messer in den Magen gestoßen, als ich sie daran hindern wollte, mit meinem Geld zu ihrer Verwandtschaft drüben in Mexiko abzuhauen. Ich hatte sie für zweihundert Dollar von ihren Leuten gekauft – aber nun ist sie mit mehr als zweitausend Dollar wieder auf und davon. Die hat einen feinen Schnitt gemacht hier, nicht wahr? Nur drei Tage war sie hier und kann nun zweitausend Dollar zu ihrer Sippe heimbringen. Ich aber bin der Dumme. Ich laufe aus, verdammt, ich laufe aus.«

Er verstummt stöhnend und voll Bitterkeit.

Die Frau beugt sich nun über ihn und nimmt ihm die Hand mit dem Handtuch von der Bauch- und Magengegend. Nun können sie es alle sehen.

»Da ist wirklich nichts mehr zu machen, mein Freund«, spricht die Frau mit ihrer dunklen und sehr melodisch klingenden Stimme. »Sonst würden wir Ihnen gerne helfen. Das können Sie mir glauben.«

Der sterbende Saloonwirt nickt schwach.

Dann spricht er noch mühsam die Worte:

»Ich habe keine Erben. Und so vererbe ich euch, die ihr in meiner Sterbestunde bei mir seid, meinen ganzen Besitz. Dieser Saloon wird bald eine Goldgrube sein. Denn hier an der Furt müssen alle durch, die ins Goldland ziehen – alle, die Guten und die Bösen, die Reinen und die Sündigen. Ich schenke euch meinen Saloon, wenn ihr mich dafür christlich unter die Erde bringt.«

Als seine Stimme verstummt, hat er alles gesagt. Sie sehen nun, daß er tot ist.

Etwas verwirrt betrachten sie einander. Gewiß, sie saßen schon viele Stunden in der gleichen Kutsche, die an der Mexikogrenze die Fahrgäste aus Mexiko übernahm, doch sie schenkten einander nur die übliche Beachtung. Sie kamen jeder für sich von irgendwoher, und keiner legte offensichtlich einen Wert auf Unterhaltung. Die reizvolle Frau verhielt sich reserviert und erwiderte jeden bewundernden Blick mit kühler Abweisung.

Viele Meilen hockten sie in dem Kasten der Kutsche beisammen, ließen sich durchschütteln, schluckten den Staub und versuchten dennoch etwas zu schlafen.

Irgendwie wirkte jeder von ihnen so, als wollte er möglichst schnell etwas vergessen – eine Niederlage zum Beispiel – und irgendwo und irgendwie zu einem neuen Anfang kommen.

Nun aber sehen sie sich etwas verwirrt an. Und plötzlich ist jeder von ihnen daran interessiert, möglichst viel über die anderen zu erfahren – oder zumindest erkennen zu können.

Die rothaarige Frau spricht spröde: »Einen Saloon – o du lieber Himmel, was ist das für ein Erbe? Ich besaß schon mehr als einmal einen Saloon. Und dieser hier ist in einer alten Missionkirche. Ein Saloon in einer Kirche, o Himmel, was für ein Geschenk!«

Sie verstummt mit einem Klang von sarkastischem Spott.

Ihr Blick richtet sich nacheinander auf die drei Männer.

»Oder möchte einer von Ihnen das Erbe gar nicht antreten?« So fragt sie, und nun ist ein lauernder Klang in ihrer dunklen, melodischen Stimme. Sie setzt zwei Atemzüge später noch hinzu: »Dies ist ein lausiges Drecknest am Wagenweg, der hier durch die Pecos-Furt ins Goldland führt. Hier leben gewiß nur noch ein Dutzend Menschen mexikanischer Abstammung. Was ist das schon für ein Erbe?«

Die drei Männer blicken einander an. Dann setzen sie sich wie auf ein stillschweigendes Kommando in Bewegung und verlassen die ehemalige Sakristei.

Die schöne Frau folgt ihnen, und langsam wandern sie dann umher und begutachten die gesamte Einrichtung.

Einer der Männer – er ist elegant gekleidet wie einer der Berufs-Spieler – sagt mit einem Zungenschnalzen: »Das alles ist erstklassig, nobel. Ich wette, es stammt von einem dieser Luxus-Dampfboote, die den Mississippi zwischen New Orleans und Saint Louis befahren und nichts anderes als schwimmende Amüsier- und Spielsaloons sind, auf denen man alle Sünden begehen kann, zu denen Menschen fähig sind. Das alles muß mit sehr viel Mühe von Bord geschafft, auf einen Wagenzug geladen und dann hierhergebracht worden sein – vielleicht von einem Dampfboot, welches zu einem Wrack wurde. Der Saloonwirt starb zu schnell. Er hätte uns gewiß noch eine Menge sagen müssen – zum Beispiel, warum er sich ausgerechnet hier festsetzte und in dieser alten Kirche einen Saloon eröffnete. Aber das ganze Zeug hier – schon allein die Roulette- und auch die Billardtische sind Tausende von Dollars wert. Sehen wir uns weiter um. Denn es wäre wichtig, zu wissen, wie groß die Vorräte sind. Es muß ja wohl hier Kellergewölbe geben. Suchen wir sie, und sehen wir nach.«

Als er verstummt, hören sie draußen die Postkutsche vorfahren. Der Begleitmann kommt herein und ruft:

»Es geht weiter, Leute! Haben Sie vom Wirt einen Imbiß bekommen? Wo ist dieser Joshua Caine überhaupt! He, Joshua!«

»Er ist tot«, erwidert einer der drei männlichen Fahrgäste. »Er konnte uns noch sagen, daß eine gewisse Ramona ihm ein Messer in den Magen stach, um mit seinem Geld abzuhauen. Und dann hat er uns zu seinen Erben gemacht, wenn wir ihm ein christliches Begräbnis bereiten. Das werden wir tun. Die Kutsche kann ohne uns weiter.«

Der Begleitmann verharrt staunend. Dann geht er zum Eingang und ruft dem Fahrer zu: »He, George, komm mal her. Joshua Caine ist tot. Und unsere Fahrgäste hat er zu seinen Erben gemacht.«

»Das ist mir scheißegal«, tönt es zurück. »Ich will weiter. Und Joshua Caine war wohl immer schon ein wenig eigenartig. Komm auf den Bock, Barney. Es geht weiter, mit oder ohne Fahrgäste!«

Der Begleitmann wendet sich den drei Männern und der Frau zu. »Sie haben es gehört, nicht wahr? Wir fahren weiter. Wollen Sie wirklich nicht mit, sondern hier in diesem lausigen Nest in diesem verrückten Saloon bleiben?«

Sie alle nicken stumm.

Da geht der Mann hinaus und klettert draußen zum Fahrer hinauf, nachdem er das Gepäck der Fahrgäste auslud.

Die Kutsche hinterläßt eine Staubwolke und einiges Gepäck vor dem Eingang.

Und der Spieler spricht nach einer Weile: »Also, dies

wäre geklärt. Nun sollten wir in den Kellergewölben nachsehen.«

Wenig später können sie nur noch staunen beim Anblick der vielen Whiskey- und Weinfässer und der gefüllten großen Krüge.

Die Kellergewölbe sind gut erhalten.

Im Laternenschein sehen sie sich alles an und wechseln kaum Worte. Erst als sie wieder nach oben gehen, sagt einer der Männer: »Wir sollten diesem Joshua Caine wirklich ein christliches Begräbnis zukommen lassen. Denn er hinterließ uns ein stattliches Erbe, und ich glaube, wir alle können es gebrauchen. Oder will jemand das Erbe nicht annehmen?«

Als er die Frage stellt, da ist so etwas wie ein Klang von Hoffnung in seiner tiefen kehligen Stimme. Der Mann sieht wie einer dieser Preiskämpfer aus, die in manchen Ortschaften längs des Mississippi immer wieder gegeneinander antreten und sich – umgeben von einer johlenden Menge – gegenseitig mit den bloßen Fäusten so lange bearbeiten, bis einer von ihnen nicht mehr kämpfen kann.

Denn es gibt zu dieser Zeit noch keine Boxkämpfe mit Handschuhen. Die sogenannten Queensberry-Regeln kennt man noch nicht. Sie werden erst im Jahre 1892 eingeführt beim Kampf von James J. Corbett gegen John L. Sullivan. Diese Preiskämpfer zerschlagen sich noch mit bloßen Fäusten auf oftmals schreckliche Weise.

Und so sieht auch das Gesicht dieses Mannes aus. Auch seine Ohren sind zerquetscht worden, sind sogenannte Blumenkohlohren.

Und dennoch wirkt dieser Mann nicht stupide oder gar dumm. In seinen tiefliegenden, mattgrauen Augen ist Intelligenz zu erkennen.

Er wartet geduldig auf Antwort. Denn zuletzt stellte er ja eine glasklare Frage.

Die beiden anderen Männer und die schöne Frau sehen sich einander an.

Dann schütteln sie ihre Köpfe.

Die Frau sagt:

»Ich glaube, daß wir vom Schicksal zusammengeführt wurden. Eigentlich wollten wir ja wohl alle zum Rio Grande Valley und dann mit der anderen Postlinie weiter nach Santa Fe. Und wenn ich nach meinem Gefühl gehe, dann denke ich, daß wir alle irgendwo mit knapper Not aus einer Niederlage herausgekommen sind. Hier könnten wir ein paar Dollars machen – oder? Sehen wir uns den Ort an. Es muß doch außer der Post- und Frachtstation auch noch ein paar Leute hier geben. Sehen wir nach.«

Die drei Männer betrachten die Frau ernst.

O ja, sie alle kennen sich aus, und deshalb wissen sie, daß sie eine Glücksjägerin vor sich haben, die von ihrer Sorte ist, nur eben – und das ist der einzige Unterschied – weiblichen Geschlechts.

Sie halten diese schöne Frau für eine Art zweibeinige Tigerkatze.

Sie hat rote Haare und grüne Augen, ist makellos gewachsen und bewegt sich wie eine ausgebildete Tänzerin. Es gibt ein paar feine Linien um ihren ausdrucksvollen Mund, die ihnen sagen, daß ihr nichts mehr fremd ist auf dieser Erde.

Plötzlich nicken sie ihr zu. Einer von ihnen – es ist jener, welcher bisher geschwiegen hat – spricht ruhig und mit dem schleppenden Klang in der Stimme, wie ihn nur ein Texaner besitzt: »Ja, gehen wir. Sehen wir uns alles an.«

Der Mann hat etwas von einem Indianer an sich, dennoch aber leuchtend blaue Augen, obwohl er sonst so dunkel ist. Er trägt zwei Revolver im Kreuzgurt, und sie haben ihn längst als einen Revolvermann eingeschätzt.

Sie setzen sich in Bewegung – drei Männer von der harten Sorte und eine schöne Frau, die ihnen gewiß in nichts nachsteht, wenn es ums Beutemachen geht.

Sie sind vielleicht mit einem kleinen Wolfsrudel zu vergleichen, welches in ein fremdes Revier kommt, Beute machen will und zuerst das fremde Revier erkunden muß, um sich einigermaßen sicher zu fühlen.

Doch sie kommen nicht weit – entfernen sich nur ein paar Schritte von der alten Kirche, die jetzt ein Saloon ist.

Denn aus der Gasse rechts von ihnen tauchen einige Reiter auf.

Es münden noch andere Gassen auf den Platz, und auch die einzige Hauptstraße des Ortes führt über ihn hinweg.

Es sind fünf Reiter, Mexikaner mit großen Hüten und vor der Brust gekreuzten Patronengürteln. Sie reiten herrliche Pferde und wirken nicht wie abgerissene Bandoleros – also Straßenräuber –, sondern eher wie stolze Hidalgos.

Die fünf Reiter halten vor der Gruppe an. Ihr Anführer fragt: »He, ihr Gringos, ihr seid soeben da herausgekommen. Lebt der Wirt noch?«

»Nein, er ist tot«, spricht der Revolvermann in seinem schleppenden Texanerdialekt. »Er ist mausetot. Aber er sagte uns noch, daß eine gewisse Ramona ihm das Messer in den Magen gestoßen hätte.«

Die fünf Reiter sitzen nun ruhig auf den Pferden. Auch die Tiere verharren fast bewegungslos.

Der Sprecher dieser fünf Reiter aber fragt wieder:

»Und was sagte er noch?«

»Daß wir seine Erben sind, wenn wir ihn christlich beerdigen«, erwidert der Texaner ruhig. »Und wer sind Sie, Señor?«

Die fünf Reiter beginnen zu grinsen, dann zu lachen. Unter ihren Schnurrbärten lassen sie ihre Zahnreihen blinken.

Einer ruft lachend:

»Er kennt uns nicht, ay, er kennt uns nicht! Und vielleicht haben sie noch nie etwas von El Toro und dessen Reitern gehört, ayayayayi!«

Die Mexikaner sprechen die englische Sprache fast so gut wie Angloamerikaner, wenn auch mit spanischem Akzent.

Ihr Anführer macht eine Handbewegung, so als wollte er jemanden wegscheuchen oder grob entlassen. Und er spricht hart:

»Haut ab hier, Gringos, haut ab! Wenn es hier etwas zu erben gibt, dann sind wir die Erben. Denn Ramona, die ihn in Notwehr so schwer verwunden mußte, daß er schließlich starb, ist unsere Schwester. Er hatte sie zu sich geholt und ihr die Ehe versprochen. Also ist sie seine Erbin. Daß sie miteinander Streit hatten, dies kommt fast in jeder Ehe vor. Und sie war schon seine Frau geworden, denn er hatte sie schon in sein Bett genommen. Die Hochzeit war nur noch eine Formsache. Also geht, Gringos. Wir vertreten hier Ramonas Rechte.« Seine Worte wurden immer herrischer und befehlender.

Und ganz plötzlich weht nun der Atem von Gewalt.

Die kleine und wie tot oder ausgestorben anmutende Stadt wirkt mit ihrer Stille fast wie ein alter, verlassener Friedhof, so als wären all diese kleinen Adobehäuser- und -hütten nichts anderes als eine besondere Art von Grabsteinen.

Aber irgendwo in einem der Häuser, da weint plötzlich ein Kind. Man hört es in der unwirklichen Stille. Nicht mal die fünf Pferde machen Geräusche. Man hört nur das Weinen des Kindes, und es klingt fast wie eine Klage, die im Zusammenhang mit dem jetzt bevorstehenden Unheil steht.

Denn Unheil droht und hängt wie eine schwere dunkle Wolke in der Luft. Man kann diese dunkle Wolke zwar nicht sehen. Denn über Rio Paso brennt die Sonne.

Dennoch spürt man sie, die Unheilswolke.

In die Stille spricht jener El Toro noch mal die Worte:

»Also geht, Gringos!«

Da beginnen die drei Männer leise zu lachen. Aber es ist kein freundliches Lachen. Es klingt nicht lustig – nein, es ist eine andere Sorte von Lachen. Es klingt böse, fast gemein und ganz bestimmt erbarmungslos. Es ist ein Lachen von Männern, die nicht mehr bereit sind, nach erlittenen Niederlagen noch weitere hinzunehmen, sondern jede Art von Herausforderung anzunehmen – allein schon deshalb, um sich zu beweisen, daß sie auch wieder gewinnen können.

In dieses Lachen tönt dann die Stimme des Texaners: »Schleicht euch. Hier gibt es nichts zu erben! Hier könnt ihr nur heißes Blei bekommen!«

Seine Stimme ist kaum verklungen, als die fünf Reiter böse aufbrüllen. Sie reißen ihre Revolver heraus und treiben zugleich auch ihre Pferde an, geben den Tieren erbarmungslos die Sporen, lassen sie gewissermaßen aus dem Stand anspringen, um alles, was sich ihnen in den Weg stellt, niederzureiten oder niederzuschießen.

Es ist ein unmißverständlicher, entschlossener Angriff.

Und im nächsten Sekundenbruchteil werden auch

die Revolver krachen. Die Frage ist nur, wessen Revolver schneller zu schießen beginnen.

Dies aber wird schneller klar als jeder Gedanke.

In den Händen des Texaners tauchen die Colts auf wie durch Zauberei und spucken Feuer. Doch auch der so elegant gekleidete Spieler bringt einen Colt aus dem Schulterholster zum Vorschein und schießt fast zu gleicher Zeit.

Der riesenhafte Preiskämpfer aber springt einem der Reiter entgegen und stößt dabei den wilden Schrei eines angreifenden Pumaweibchens aus. Das Pferd geht vorne hoch und überschlägt sich fast nach hinten, wirft den Reiter ab. Und als der Reiter sich im Staube rollt und hochkommen will, da ist der riesige Preiskämpfer bei ihm und macht ihn mit den Fäusten erbarmungslos klein.

Und dann die Frau ...

Aus einer Tasche in ihrer Rockfalte bringt sie einen Colt-Derringer zum Vorschein und drückt beide Hähne ab. Ja, sie schießt einen der Reiter vom Pferd.

Und dann ist es auch schon vorbei.

Das Krachen der Waffen verhallt noch in der Ferne.

Im Staube stöhnen die Getroffenen. Die Pferde aber verharren schnaubend und wiehern nervös. Nein, diese Tiere rasten nicht davon. Sie wurden einst zu gut geschult. Solche Tiere bleiben auf dem Fleck stehen, wenn ihre Reiter aus den Sätteln fielen. Und auch an Gewehr und Revolverfeuer wurden sie gewöhnt. Es sind edle und gut abgerichtete Tiere, sogenannte Kriegspferde. Aber auch Cowboy- oder Rinderpferde müssen diese Lektionen lernen.

Der so elegant gekleidete Spieler spricht nun kühl in die Stille: »Nun werden wir nicht nur diesem Joshua Caine ein christliches Begräbnis bereiten müssen, sondern auch diesen Narren. Warum waren sie so verrückt auf den Saloon in dieser alten Kirche. Wegen der Vorräte, oder warum sonst?«

»Ja, warum?«

Dies fragt auch der Preiskämpfer.

Und der Texaner spricht langsam:

»Ja, hier ist noch eine ganze Menge ungeklärt und irgendwie geheimnisvoll.«

»Aber das finden wir noch heraus«, sagt die Frau.

Sie sehen sich um und behalten ihre Waffen in der Hand.

Da und dort kamen Menschen aus Häusern und Hütten. Nun zeigt es sich, daß Rio Paso doch keine Geisterstadt ist.

Die Menschen hatten sich nur versteckt, so als hätten sie Unheil erwartet.

Wahrscheinlich waren die fünf Reiter das erwartete Unheil, vor dem die Menschen sich in ihren Häusern und Hütten verkrochen hatten.

Aber nun ist alles anders gekommen.

Der Texaner sagt ruhig:

»Also los, schwärmen wir aus, und stellen wir überall Fragen. Sehen wir uns diese Menschen hier genauer an. Und in einer Stunde treffen wir uns in unserem Saloon wieder und erstatten uns gegenseitig Bericht.«

Er wendet sich um und ruft zu einigen Leuten hinüber, die inzwischen eine verharrende Gruppe bilden:

»He, Leute, schafft die Toten von der Straße! Und bindet die Pferde an die Haltebalken bei den Wassertrögen! Habt ihr verstanden, ihr Leute von Rio Paso? Wir haben diese Stadt übernommen!«

2

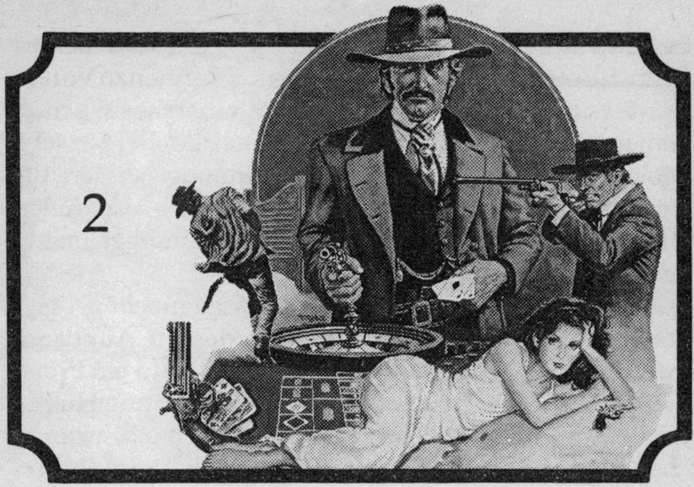

Als sie sich eine Stunde später versammeln, hat die Frau in der Küche ein Essen gekocht. Und so lassen sie sich an einem der vielen Tische nieder.

»Und damit das klar ist«, sagt die schöne Frau zu den drei Männern: »Ich bediene euch nur heute wie eine Köchin oder Wirtin. Ihr müßt noch heute eine Frau besorgen, die hier als Wirtschafterin fungiert. Was alles habt ihr herausgefunden auf eurem Rundgang durch dieses Nest?«

Sie blicken auf das Essen in den Schüsseln und auf den Tellern, schnuppern den Duft und nicken ihr dann anerkennend zu.

»Aber kochen kannst du, Schwester«, spricht der narbengesichtige Preiskämpfer kehlig. »Ich hätte nichts dagegen, wenn das immer so wäre. In diesem Drecknest wohnen fast alles nur Leute mexikanischer Abstammung. Und ich esse nicht so gern scharfgewürzt und mexikanisch. Mein Magen verträgt das nicht besonders. Ich denke, wir sollten die Zeit des Essens dazu nutzen, um uns etwas besser kennenzulernen. Denn wir sind ja jetzt Partner und haben sogar schon gemeinsam gegen ein paar eingebildete Strolche gekämpft. Wir müssen mehr über einander wissen. Bis jetzt kennen wir nicht mal unsere Namen! Also, füllen wir uns die Teller und beginnen damit, uns gegenseitig vorzustellen.«

»Dann kannst du ja gleich den Anfang machen«, sagt der texanische Zweirevolvermann, dessen Augen so intensiv blau leuchten. »Kann es sein, daß du ein Preiskämpfer bist, der keinen Kampf mehr gewinnen kann, weil seine Mittelhandknochen das nicht mehr mitmachen? Ich sehe, daß sie schon mehrmals brachen und dann immer schlechter zusammenwuchsen und verheilten.«

Sie alle blicken nun auf die Handrücken des Preiskämpfers. Er benutzt Messer und Gabel wie ein Mann, der auch schon in besseren Kreisen verkehrte. Sie können unschwer erkennen, wie verunstaltet seine Hände sind. Schon viele Male wurden sie an eisenharten Gegnern zerschlagen und verheilten immer schlechter.

Er sieht die beiden Männer und die Frau nacheinander fest an.

»Mein Name ist Stonebreaker, Mike Stonebreaker. Man nannte mich vor nicht sehr langer Zeit noch den ›Champ of Mississippi‹, denn ich schlug sie alle.«

»Dann mußt du ein reicher Mann geworden sein«, spricht der Spieler. »Und hattest es eines Tages nicht mehr nötig, gegen all diese Bullen zu kämpfen – oder?«

»Schön wäre es«, sagt Mike Stonebreaker und grinst, »sehr schön wäre es. Aber wie das so ist im Leben, man vertraut einem Menschen, der wie ein Vater zu einem war. In meinem Falle war es mein Manager, der mich einst als Jungen aufzog und mir auch Schulbildung beibrachte. Er sagte mir immer, daß ich für mich und ihn kämpfen würde. Denn unser Ziel war immer eine Pferdezucht in den grünen Blaugrastälern von Tennessee. Aber dann begann ich meine Kämpfe zu verlieren, weil mir ständig die Mittelhandknochen brachen und ich nicht mehr so fest schlagen konnte. Weil wir stets auf meinen Sieg wetteten, verloren wir einen Teil unseres Vermögens. Meinen letzten Kampf machte ich vor einigen Wochen in Galveston. Diesen Kampf gewann ich noch einmal, obwohl mir auch diesmal wieder nach einem Dutzend harter Schläge die Handknochen brachen. Es gab aber in Galveston einen guten Knochenspezialisten. Als er mit meiner Behandlung fertig war und ich in unser Hotel ging, da war mein väterlicher Freund und Manager fort. Natürlich mit dem ganzen Geld. Er war mit einem nach Europa gehenden Seeschiff weg und hinterließ mir in einem Brief nur knapp hundert Dollar. In dem Brief stand, daß er alt wäre, ich aber noch jung. Und wir hätten ja eine schöne Zeit gehabt. Ich würde schon für mich sorgen können, da machte er sich keine Sorge. Er aber wäre krank und müßte zu berühmten Ärzten in Europa.«

Nach diesen Worten macht Mike Stonebreaker eine kleine Pause.

Doch bevor er wieder zu essen beginnt, spricht er noch langsam und bedächtig: »Nun wißt ihr fast alles über mich. Und noch eines möchte ich sagen: Ich vertraue keinem Menschen mehr – keinem. Und ich bin immer noch in der Lage einen Gegner mit meinen bloßen Fäusten zu töten – auch wenn wieder die Handknochen brechen sollten.«

Er hat nun alles gesagt. Sie sehen es ihm an. Nun beginnt er mit deutlich erkennbarem Appetit zu essen.

Sie betrachten ihn kritisch – nein nicht mitfühlend, sondern sehr kritisch.

Und sie wissen, daß er zu einem Verlierer wurde, weil er einem Menschen vertraute, den er für seinen väterlichen Freund hielt.

Nun ist er sozusagen verdorben und lebt nur noch im Mißtrauen gegen die ganze Welt. Ein Mann wie er hat alle guten Eigenschaften in seinem tiefsten Kern vergraben und wird sie nicht wieder zum Vorschein kommen lassen.

Sie schweigen eine Weile, essen stumm. Ja, sie hatten Hunger. Und die Mahlzeit ist gut.

Die Frau am Kopfende des Tisches aber sagt:

»Weiter. Wer ist jetzt an der Reihe sich vorzustellen? Du vielleicht, Bruder? Du bist ein Spieler mit einem schnellen Colt und vielen Tricks, nicht wahr?« So fragt sie und sieht den blonden Spieler an, der seiner Aussprache nach ebenfalls ein Texaner sein könnte.

Der Mann betrachtet sie ein wenig ärgerlich, doch dann zuckt er mit den Schultern.

»Nun gut«, murmelt er und legt Messer und Gabel hin. »Wir haben nicht nur diesen Saloon, sondern auch diese armselige Stadt übernommen. Einige dieser Bürger hier – sie sind fast alle mexikanischer Abstammung, doch Amerikaner – arbeiteten auch für Joshua Caine in dem Saloon – als Musiker, als Hausknechte und auch als Bedienungen. Doch als jene Ramona kam, blieben sie dem Saloon fern. Sie fürchteten sich vor dieser Ramona, denn sie wußten offenbar etwas, was Joshua Caine nicht wußte, nämlich, daß Ramona zu den mexikanischen Banditen gehört, die immer wieder über die Grenze kommen. Nun gut, mein Name ist Lonnegan, Bud Lonnegan! Ich bin ein Spieler und hatte in letzter Zeit eine Pechsträhne. Ich spielte drüben in

Mexiko gegen einen alten Herausforderer. Jedes Jahr spielten wir irgendwo zwischen der Nord- und Südgrenze. Diesmal in Hermosillo. Ich verlor und muß mir erst wieder ein Spielkapital beschaffen, bevor ich gegen die großen Spieler antreten kann. Es geht mir wie einem Wolf, der sich für eine Weile von Kröten und Mäusen ernähren muß, bevor er wieder richtig Jagd machen kann auf größeres Wild. Nun wißt ihr genug. Der Anteil an dem Saloon hier kommt mir gerade recht.«

Sie sehen ihm an, daß er alles gesagt hat und nicht mehr über sich sagen wird.

»Aber du warst offenbar ein fairer Verlierer, Bruder«, murmelt die Frau, von der sie noch nicht den Namen wissen.

Bud Lonnegan betrachtet sie mit einem Lauern im Blick.

»Und wo hast du verloren, Grünauge?« So fragt er fast grob.

Sie lächelt weise oder gar mitleidig.

»Manchmal verliert man und manchmal gewinnt man«, spricht sie.

Nach einer Weile fährt sie fort:

»Ich habe es von Anfang an gespürt, schon als wir alle noch in der Kutsche saßen und ich euch Mann für Mann studieren konnte. Ich sah es in euren Gesichtern, erkannte es an den Mundwinkeln – und in euren Augen. Ich konnte es wittern. Wir alle hatten zuletzt irgendwo verloren, waren verraten und enttäuscht worden. Aber es ist doch so, daß man durch Niederlagen auch härter und erfahrener wird. Nicht wahr? Ich war drüben in Mexiko, um einen Mann aus einem Gefängnis zu befreien, der mir viel bedeutete. Ich schaffte das auch mit einigen teuren Helfern, die mich das ganze

Geld kosteten, das ich besaß. Aber dann auf der Flucht – als wir schon entkommen waren –, biß ihn eine Klapperschlange. Und alles war umsonst gewesen – alles. Genügt euch das? Denn mehr sage ich euch nicht über mich. Mein Name ist Linda McNally.«

Sie betrachten die schöne Frau, und nun stellen sie sich vor, wie sie alle Hebel in Bewegung setzte, um den Geliebten zu befreien – und wie ihr Einsatz dann letztlich vergebens war, weil sie ihm eigentlich nur die Freiheit verschaffte, damit eine Klapperschlange ihn durch ihren giftigen Biß töten konnte.

Und so war auch sie zu einer Verliererin geworden.

Ob sie noch einmal alles für einen Mann opfern würde? Das fragen sie sich, während sich ihre Blicke auf den dritten Mann richten, der bisher schwieg und nur zuhörte, dabei bedächtig kaute.

Er kommt ihnen nicht wie ein Verlierer vor, besonders dann nicht, wenn sie in seine leuchtend blauen Augen blicken. Immer dann spüren sie etwas, was sie nicht so einfach beschreiben können. Es ist vielleicht der physische Anprall seiner Ausstrahlung. Wahrscheinlich spüren sie bei seinem Anblick, daß dieser Mann mit seinen beiden Colts unüberwindlich ist – und daß er töten kann, so als wäre er Herr über Leben oder Tod. Sie spüren irgendwie seine schrecklichen Fähigkeiten – und sie erinnern sich, wie zauberhaft schnell er vorhin zu schießen begann und den stolzen mexikanischen Banditen keine Chance ließ.

Er hält nun inne beim Essen und sagt:

»Mein Name ist Bronson, Lance Bronson. Ja, es ist wohl so, daß ein Schicksal hier einige Verlierer zusammengeführt hat. Auch ich komme aus Mexiko herüber. Ich führte dort für einen reichen Haciendero und dessen ganze Hidalgo-Sippe eine Privatarmee. Es war gewissermaßen ein Fürstentum – ein Königreich, zu welchem auch vierhundert Sklaven gehörten – das ich zu beschützen hatte. Und ihr wißt ja, es war auch in Mexiko Krieg. Als man dann Kaiser Maximilian erschossen und die französischen Truppen aus dem Land gejagt hatte, wurde es schlimm, denn diese Hidalgo-Sippe, für die ich mit meinen Reitern kämpfte, um das Fürstentum zu erhalten, hatte sich für Maximilian entschieden. Sie gehörte dann – wie so viele andere Sippen – zu den Verlierern. Ich konnte sie nicht länger beschützen gegen die große Übermacht. Denn es wurde aufgeräumt in Mexiko. Ich entkam mit knapper Not. Jetzt ist dieser Porfirio Diaz Präsident. Vielleicht kann er Ordnung schaffen in diesem Lande – vielleicht. Aber was geht mich das noch an? Ich diente als Söldner einer reichen Sippe, die auf das falsche Pferd setzte, nämlich auf Kaiser Maximilian. Nun werde ich nie wieder meine Revolver an andere Leute vermieten – nie wieder. Nun kämpfe ich nur noch für mich.«

»Aber wir sind Partner, Lance Bronson«, erinnert ihn die schöne Linda McNally.

Er sieht sie an und nickt. »Richtig, Partner. Dagegen ist nichts einzuwenden, solange wir das gleiche Ziel haben und uns gemeinsam dafür einsetzen, solange unsere Interessen die gleichen sind.«

Er macht eine kleine Pause.

Dann spricht er trocken und präzis:

»Nun sollten wir uns Gedanken darüber machen, was diesen Joshua Caine dazu bewogen haben mag, in dieser alten Kirche einen Saloon zu etablieren. Es muß hier ein Geheimnis geben. Erinnert ihr euch an seine letzten Worte? Er hatte sich von einer mexikanischen Sippe für zweihundert Dollar eine gewisse Ramona gekauft. Wahrscheinlich war sie eine mexikanische

Schönheit, die es gewiß recht gut bei ihm gehabt hätte. Er wollte gewiß nur eine Frau im Bett haben. Aber vielleicht fand sie etwas heraus, was auch wir herausfinden sollten. Vielleicht kam sie hinter ein Geheimnis. Und dann wollte sie fort, zurück zu ihrer Sippe. Dabei wollte sie auch noch alles Geld mitnehmen. Als er sie daran zu hindern versuchte, stach sie ihm ein Messer in den Magen. Sie entkam. Und dann tauchten diese fünf Banditen auf, die sich als ihre Brüder ausgaben. Sie kamen her, um den Saloon zu übernehmen. Das wäre ihnen auch gelungen, denn gegen diese fünf Pistoleros hätten die Leute hier nichts unternehmen können. Nun gehört uns der Saloon. Auch dieses kleine Drecknest Rio Paso ist in unserer Hand. Wir sind hier die Bosse. Ich sage euch noch mal, daß es hier ein Geheimnis geben muß. Wir müssen es herausfinden. Also sollten wir zuerst mal richtig alles untersuchen. Vielleicht gibt es irgendwelche Hinweise.«

Er erhebt sich plötzlich.

»Kommt«, fordert er. »Gehen wir dorthin, wo Joshua Caine jetzt liegen muß, nämlich beim Leichenbestatter. Sehen wir in seiner Kleidung nach. Wir müssen sehr gründlich beginnen mit der Suche nach etwas, was wir nur schwach zu wittern vermögen. Gehen wir.«

Sie starren ihn staunend an.

Aber dann begreifen sie, daß sie wirklich beim toten Joshua Caine anfangen müssen, wenn sie nach etwas suchen wollen, was für sie noch wie in dichtem Nebel zu schweben scheint.

Aber es muß etwas geben, was allein erklärlich machen könnte, daß dieser Joshua Caine hier seinen Saloon etablierte. Sie sehen sich an, nicken sich zu und machen sich auf den Weg.

Denn vorhin schon, als sie durch die kleine Stadt

wanderten, sich überall umsahen und da und dort mit den Leuten sprachen, hatte Linda den toten Joshua Caine hinaustragen lassen. Sie wollte den Toten nicht neben der Küche liegen haben. Sie hätte nicht für ihre drei Partner und sich kochen können, so hungrig sie auch alle waren.

Und so hatte sie einige Neugierige herbeigerufen und sie gefragt, ob es hier einen Leichenbestatter gäbe. Dieser war dann mit einem barfüßigen Gehilfen gekommen. Sie hatten Joshua Caine herausgeholt.

Nun lag er schräg gegenüber in einem Schuppen, der zur Schreinerei gehört.

In diesen Schuppen treten nun die drei Männer ein.

Sechs Tote liegen hier, nämlich die fünf mexikanischen Banditen, die gekommen waren, um diese Stadt zu übernehmen und Ramonas Erbe anzutreten – und Joshua Caine. Sie liegen auf Brettern.

Der Leichenbestatter und dessen Gehilfe aber sind dabei, aus einem angrenzenden Lagerschuppen Särge herbeizuschleppen, einfache, billige Särge.

»Wir werden sie alle christlich beerdigen«, verspricht der Leichenbestatter, bevor einer der drei eintretenden Männer etwas sagt. »Aber Sie sollten sich vorsehen, Gentlemen. Diese mexikanischen Pistoleros haben drüben noch eine Menge guter Amigos und Compadres. Da könnte es sein, daß welche von ihnen herkommen. Und dann . . .«

Er spricht nicht weiter, aber er verdreht vielsagend die Augen und macht eine resignierende Bewegung mit beiden Händen, so als wollte er sich ergeben.

Lonnegan, Stonebreaker und Bronson aber beachten ihn kaum. Sie treten zu Caines leblos auf einer Holzpritsche liegendem Körper. Caine ist noch angekleidet. Nur dort, wo die schreckliche Messerwunde das Blut austreten ließ, ist sein Körper frei. Er hält immer noch mit seinen erstarrten Händen das Handtuch auf die Wunde gedrückt.

Stonebreaker zieht ihm nacheinander die Stiefel aus und reicht diese an Lonnegan und Bronson weiter. Diese stellen fest, daß es sehr gute, teure Maßstiefel sind, so wie man sie in Alabama arbeitet. Sie sind auch mit feinstem Kalbleder gefüttert.

Als sie das Innenfutter aufreißen, da finden sie es.

Es war so lächerlich einfach und leicht. Denn als sie die vergilbten Pergamentblätter in den Händen halten und sie entfalten, da wissen sie sofort, daß sie nun in den nächsten Minuten hinter Joshua Caines Geheimnis kommen werden.

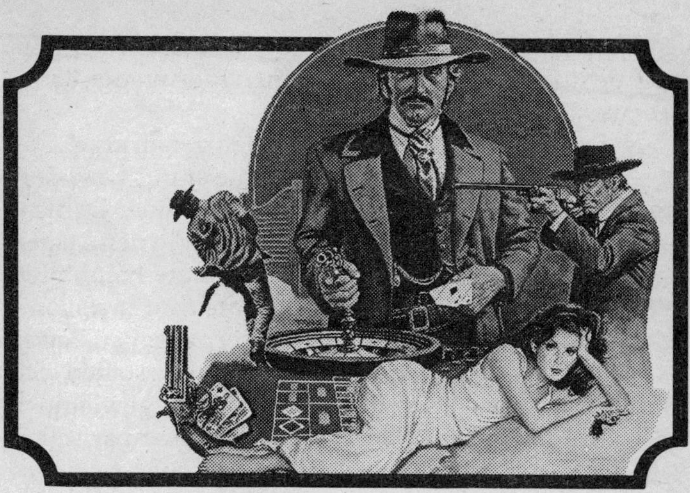

Es sind sehr alte Pergamentblätter, beschrieben mit vielen Worten und Sätzen spanischer Sprache. Sie starren auf die nun aufgefalteten Pergamentseiten.

»Das haben noch die alten Dons geschrieben«, murmelt Bud Lonnegan. »Das hier ist noch das alte Spanisch! Wer von uns kann es haargenau übersetzen? Denn es wird wohl sehr auf die genaue Übersetzung ankommen, nicht wahr?«

Sie sehen sich gegenseitig fragend an.

Dann hebt Linda McNally leicht ihre Finger, so als wollte sie sich wie in einer Schule beim Unterricht melden.

»Ich könnte es versuchen, wenn keiner von euch sich für den großen Experten hält.« Sie lächelt. »Aber das braucht einige Zeit. Das kann ich hier nicht sozusagen aus dem Stegreif. Ich gehe am besten in Joshua Caines Wohn- und Arbeitszimmer, nicht wahr? Dort finde ich gewiß auch Papier und Schreibzeug.«

Sie nimmt die vier Pergamentblätter an sich und verläßt die drei Partner, die noch eine Weile an der Bahre des toten Joshua Caines verharren.

»Hat er uns wirklich einen Gefallen getan, als er uns zu seinen Erben machte? Oder machte er uns gewissermaßen das Tor auf zum Eintritt in die Hölle? Denken wir an diese Ramona, die ihm das Messer in den Magen stieß. Weil er nicht gleich tot war und sie hätte töten können, flüchtete sie. Doch sie sandte fünf mexikanische Banditen, die sich als ihre Brüder ausgaben – was gewiß nicht wortwörtlich gemeint war. Die sollten sich hier Joshua Caine vornehmen. Sie werden gewiß noch viele Amigos haben. Ramona, welche offenbar schon sehr viel mehr weiß als wir, wird sie herschicken, damit sie das tun, was diese fünf Lobos nicht schafften. Wir könnten hier auf einem Pulverfaß sitzen. Aber wenn Linda uns eine genaue Übersetzung anfertigen kann, dann werden wir jedenfalls wissen, um was es geht. Wenigstens haben wir jetzt fünf gute Pferde. Damit können wir jederzeit verschwinden und sind nicht auf die nächste Postkutsche angewiesen. Diese Pferde sollten wir sicher unterstellen und Tag und Nacht in Bereitschaft halten. Das sagt mir mein Instinkt.«

Lance Bronson ist es, der langsam und fast bedächtig diese Worte spricht. Überhaupt steht seine typisch texanische Sprechweise, die so schleppend klingt, im starken Gegensatz zu seiner Revolverschnelligkeit, seinen Reflexen und seinem gewiß blitzschnell arbeitenden Verstand.

Bud Lonnegan, der Spieler, und Mike Stonebreaker, der ehemalige Preiskämpfer, sie nicken zu seinen Worten.

Dann blicken sie alle nach Süden. In der trockenen Luft diese Landes können sie weit, weit in der Ferne –

es sind gewiß mehr als hundert Meilen – den mächtigen El Capitan Peak erkennen, der sich wie ein Dom zwischen dem Rio Grande und dem Pecos erhebt, etwa in der gleichen Höhe von El Paso, nur etwa achtzig Meilen östlich davon.

Von dort, also von El Paso, jener Stadt zu beiden Seiten der Grenze, kamen diese fünf Banditen gewiß. Aber zuletzt befanden sie sich bestimmt schon eine Zeitlang ganz in der Nähe der Stadt. Vielleicht ist es ein verborgenes Camp.

In diesem Lande gibt es gewiß viele verborgene Camps, Verstecke, Schlupfwinkel. Denn dies ist ein geheimnisvolles Land. In diesem Camp wird jetzt wohl auch diese Ramona sein.

Die drei Männer können das irgendwie wittern. Dafür haben sie einen unfehlbaren Instinkt.

»Also los«, sagt Lance Bronson, »bringen wir die Pferde zur Posthalterei. Lassen wir sie dort in ständiger Bereitschaft halten und von den Leuten versorgen. Dieser Posthalter und dessen zwei Helfer sind froh, wenn wir ihnen und dieser jämmerlichen Stadt Schutz gewähren.«

Indes sitzt Linda McNally in Joshua Caines Wohn- und Arbeitszimmer und müht sich um eine möglichst genaue Übersetzung.

Dies fällt ihr schwer, denn die alten Dons, die damals mit ihren eisengepanzerten Soldaten herkamen – es war im Jahre 1561 – drückten sich sehr viel altertümlicher aus, als man das Spanisch heute spricht.

Dennoch kommt Linda dem Sinne und der fast mystischen Bedeutung der Worte sehr nahe.

Als später die drei Männer eintreten und sich

schweigend im Raum verteilen, da müssen sie nicht mehr lange warten. Denn bald hebt sie den Kopf und lehnt sich im Armsessel weit zurück.

»Es ist verrückt«, spricht sie, »völlig verrückt. Aber es steht hier auf diesen alten Pergamentblättern geschrieben.«

»Dann laß uns nicht länger warten«, brummt Stonebreaker. »Lies es uns einfach vor, damit wir mit dir staunen können. Und vielleicht finden wir das dann gar nicht so verrückt wie du.«

Sie nickt langsam und blickt dann auf ihre niedergeschriebene Übersetzung.

»Dies ist ein Schreiben an den König von Spanien – oder besser gesagt: An die Krone Spaniens.«

Sie macht eine kleine Pause, dann beginnt sie vorzulesen, wobei sie offenbar alle Floskeln und Anreden wegläßt, und sich nur auf den wesentlichen Kern beschränkt: »Vor einigen Monaten erreichten wir unter der Führung von Francisco de Juarez diesen Platz. Unsere Schar besteht aus zwölf Rittern, neununddreißig Soldaten, sieben Jesuitenpadres, mehr als hundert einheimischen Sklaven und einer Anzahl von Maultier- und Eselstreibern unbestimmbarer Herkunft. Als einer unserer Sklaven einen verdorrten Busch ausriß beim Sammeln von Feuerholz, da entdeckten wir die mächtige Goldader, die wie ein erstarrter Blitz im felsigen Boden lag. Weil wir erkannten, daß es sicherlich viele Monate, wenn nicht Jahre dauern würde, bis wir das Gold mit unseren schlechten Werkzeugen aus dem Fels herausholen konnten, begannen wir mit unseren Sklaven die Mission mit der Kirche auf dem goldenen Felsen aus Bruchsteinen zu errichten.«

Nach diesen Worten hebt Linda den Kopf und sieht die drei Männer an.

»Gold«, spricht sie mit einem heiseren Klirren in der Stimme. »Habt ihr es verstanden? Die alten Dons fanden hier eine mächtige Goldader, die jedoch nur mühsam aus dem Fels herauszuholen war. Und so wollten sie sich jede Menge Zeit nehmen und errichteten eine Mission und ein Gotteshaus zur Tarnung darüber.«

Die drei Männer schütteln ungläubig den Kopf.

Dann spricht Lance Bronson:

»Aber das scheint mir wenig Sinn zu haben. Die Errichtung der Kirche und all der Missionsgebäude war ja auch eine gewaltige Arbeit. Dafür hätten sie auch die Goldader . . .«

Er hält inne, denn Linda McNally schüttelt lächelnd den schönen Kopf.

Sie deutet auf ihre Notizen und die danebenliegenden Pergamentblätter mit der alten, spanischen Schrift.

»Nein«, spricht sie, »so ging es nicht. Diese goldgierigen Kavaliere mit ihren Söldnern kamen ja offiziell nicht in dieses Land, um nach den goldenen Städten von Cibola zu suchen – oder nach anderen Schätzen –, sondern, um den Padres Schutz zu geben beim Bekehren der Heiden. Offiziell stand diese Expedition im Dienste der Kirche. Die Heiden sollten bekehrt und christliche Untertanen der Spanischen Krone werden. O ja, sie bekehrten viele Indianer der verschiedensten Stämme und machten auch viele von ihnen zu ihren Sklaven. Nur nicht die Apachen. Diese ließen sich von den Spaniern nicht bekehren. Im Gegenteil, sie jagten die Spanier, wo sie diese nur jagen konnten. All diese hochmütigen Hidalgos lernten die heilige Furcht kennen. Denn die Apachen fürchteten sich nicht vor den Pferden, nicht vor den eisengepanzerten Reitern, auch nicht vor diesen donnernden Feuerrohren, die Blei verspritzten.«

Linda McNally macht wieder eine Pause und deutet auf die Papiere.

»Auch diese Expedition wurde ständig von den Apachen angegriffen und bedrängt. Sie bauten die Mission und auch die Kirche zu ihrem Schutze. Sie fühlten sich sicherer unter dem Kreuz und vielleicht scheuten auch die Apachen dieses Kreuz. Die Spanier errichteten also diese Mission mit der Kirche als Zuflucht und Festung. Aber irgendwann dann – wahrscheinlich nach Monaten ihres Hierseins – wurden sie belagert. Dies geht aus dem Bericht hervor. Sie hatten die Kirche auch auf einer Wasserader errichtet und einen Brunnen abgeteuft. Doch die Apachen konnten irgendwie die unterirdische Quelle verstopfen oder umleiten. Die Spanier sandten dann in einer finsteren Nacht den ehrenwerten Don Hermandes de Uvalde mit diesem Bericht hier nach Süden. Er sollte Hilfe holen, zumindest die Kunde von der mächtigen Goldader zur nächsten spanischen Garnison bringen. Aber das hat er wohl niemals geschafft. Vielleicht lagen diese Pergament-Blätter lange Zeit in einer Metallhülse bei seinen längst schon zu Staub gewordenen Überresten oder seiner verrosteten Rüstung – ich weiß es nicht. Doch irgendwie kam der von Ramona umgebrachte Joshua Caine in den Besitz der letzten Nachricht dieser Dons hier. Weil auch er begriff, daß es eine lange Zeit dauern würde, bis die Goldader ausgebeutet werden konnte, machte er hier in der Kirche den Saloon auf. Sicher war er nicht allein gekommen. Doch er wollte das Gold für sich allein. Deshalb schickte er all seine ersten Begleiter wieder fort, blieb allein und ließ sich nur dann und wann von den Bewohnern dieses Dorfes helfen. Noch Fragen? Wir befinden uns hier auf einer Goldader. Sie kann sich nur unter diesem einstigen Gotteshaus befinden.«

Als sie verstummt, da schweigen die drei Männer noch eine Weile. Ja, sie denken nach, stellen sich alles vor, was damals gegen Mitte des sechzehnten Jahrhunderts hier geschehen sein mochte.

Und schließlich nicken sie langsam.

»Aber ziemlich verrückt ist es doch«, murrt Stonebreaker, »total verrückt sogar, denke ich. Doch was ist auf dieser irrsinnigen Welt nicht verrückt?«

»Auch daß wir Partner wurden, ist verrückt«, sagt der Spieler Lonnegan. »Oder nicht?«

Wieder sehen sie sich an.

Dann spricht Lance Bronson kühl: »Gehen wir!«

Und so begeben sie sich zum zweiten Male in den Keller, dessen mächtige Gewölbe sie ja schon einmal bei Laternenschein erforschten.

Ihre Suche dauert lange. Die alte Mission und auch die Kirche waren ja in den folgenden Jahrzehnten und Jahrhunderten immer wieder von Padres der Jesuiten bewohnt und in Betrieb gehalten worden.

Man hatte auf all den Hügeln in der Runde Wein angebaut, dessen Reben aus Spanien gekommen waren. Auf den Äckern baute man Mais, auch Sojabohnen an und unterhielt Baumwollpflanzungen. Auch der Ort stand immer wieder in Blüte, war manchmal eine heile Welt.

Doch dann mußte es immer wieder Rückschläge gegeben haben.

Indianer und Banditen hatten die Bewohner von Rio Paso immer wieder ausgeplündert.

Es dauert also lange, bis die drei Männer und die Frau etwas finden.

In den Kellergewölben befinden sich noch einige riesengroße Weinfässer aus einer Zeit, da die Mission Weinbau betrieb.

Durch eines dieser Riesenfässer gelangen sie in die Mine. Das Faß – es steht nicht, sondern liegt – bildet sozusagen einen Vorraum. Der Boden und dessen Gegenseite sind die Zugangs- und Ausgangstüren. Sie bewegen sich an innen angebrachten Scharnieren.

Ja, es ist der Zugang zur Mine, die schon die alten Dons von hier aus schräg in den felsige Boden trieben, indem sie der Goldader folgten.

In einigen geflochteten Körben liegt losgebrochenes Erz, welches erst noch in einer Erzmühle zermahlen werden und auch in eine Schmelze kommen muß.

Lonnegan sagt:

»Dieser Joshua Caine war ein schlauer Bursche. Er fand den Zugang zur Mine und tarnte ihn dann mit dem großen Faß. All die vorherigen Bewohner dieser Mission und der alten Kirche wußten nichts. Denn sie kannten ja die Pergamentblätter nicht. Erst mußte Joshua Caine kommen. Ich wüßte gern, wie er in den Besitz der Pergamentblätter kam. Ja, das wüßte ich wirklich gern. Joshua Caine muß hier schon viele Wochen möglichst leise gearbeitet haben. Dann hat er den Fehler gemacht, sich diese Ramona ins Haus zu holen. Gewiß ist sie sehr schön und machte ihn verrückt. Vielleicht machte sie ihn betrunken, und Betrunkene plaudern oft Geheimnisse aus. So langsam gewinnt alles ein klares Bild, nicht wahr?«

Sie verharren bei Laternenschein im engen Stollen. Überall glitzern die feinen Adern des Goldes in Fels. In flüssigem Zustand drang es in grauer Vorzeit einst in alle Spalten und Risse. Nun muß man es nur herausschlagen.

Den drei Männern und der Frau wird klar, daß auch

sie wahrscheinlich viele Monate werden arbeiten müssen, um diese Goldader restlos auszubeuten.

Und wenn jemand etwas von dieser Goldader erfährt, dann bricht hier in Rio Paso die Hölle los.

Aus diesen Gedanken heraus, die jetzt in jedem von ihnen sind, sagt Linda McNally herb und kühl:

»Ramona weiß es – die fünf von uns getöteten Banditen wußten es, und solange diese Ramona lebt, wird sie mit uns um dieses Gold kämpfen. Sie wird bald über uns Bescheid wissen und neue Pistoleros hersenden. Wir werden erbarmungslos um den Besitz dieses Saloons kämpfen müssen, der mal eine Kirche war, welche die alten Dons auf einer Goldader errichteten. Ja, es ist verrückt. Aber wißt ihr in eurer Zukunft eine bessere Chance, reich zu werden?«

»Nein«, erwidern sie dreistimmig, und es klingt fast wie ein Schwur.

Sie klettern aus dem Minenstollen in das große Faß und verlassen dieses, verharren dann im Kellergewölbe, sehen sich an im Laternenschein.

»Vielleicht müssen wir immer wieder kämpfen und töten«, murmelt der Spieler Bud Lonnegan.

»Ja, wenn diese Ramona immer wieder neue Kerle schickt, die uns zur Hölle schicken sollen«, knurrt Mike Stonebreaker.

Lance Bronson zuckt leicht mit den Schultern, so als könnte er damit etwas abschütteln wie eine lästige Last – oder auch nur einen hinderlichen Umhang oder Mantel.

»Aber jeder Kampf lohnt sich«, murmelt er. »Man wird diesen Saloon vielleicht bald den ›Saloon der Erbarmungslosen‹ nennen. Doch nur eines ist wichtig.«

Sie blicken ihn fragend an.

Und da sagt er es ihnen:

»Wenn wir uns nicht aufeinander verlassen und einander nicht vertrauen können, dann verlieren wir dieses Spiel. Vielleicht wird einer von uns fortreiten und diese Ramona suchen müssen, damit sie Ruhe gibt.«

Er hat nun alles gesagt und steigt die steile Steintreppe hinauf.

Sie kommen keine Minute zu früh nach oben.

Denn inzwischen wurde es später Nachmittag, fast schon Abend.

Draußen vor der Stadt ist Lärm. Sie treten aus ihrem Saloon.

Und da hören sie es. Ein Wagenzug hat Rio Paso erreicht. Es müssen mehr als hundert Frachtwagen sein mit fast tausend Maultieren. Denn alle Frachtwagen in diesem Land werden achtspännig gezogen.

Zwei Mexikaner nähern sich und verbeugen sich dann höflich. Einer sagt:

»Ich bin Hurtado und helfe hinter der Bar. Dies da ist Roberto, der Klavier spielt. Bald werden mehr als fünfzig Hombres ihren Durst löschen wollen. Sollen auch die Putas kommen? Señor Caine ließ ein halbes Dutzend Putas hier arbeiten, die ihre Einnahmen mit ihm teilten. Soll ich Bescheid sagen in den Häusern und Hütten?«

»Sicher, Señor Hurtado«, erwidert Linda McNally. »Der Saloon ist wieder voll in Betrieb. Alle sollen kommen, die für Señor Caine gearbeitet haben. Es geht weiter wie bisher.«

4

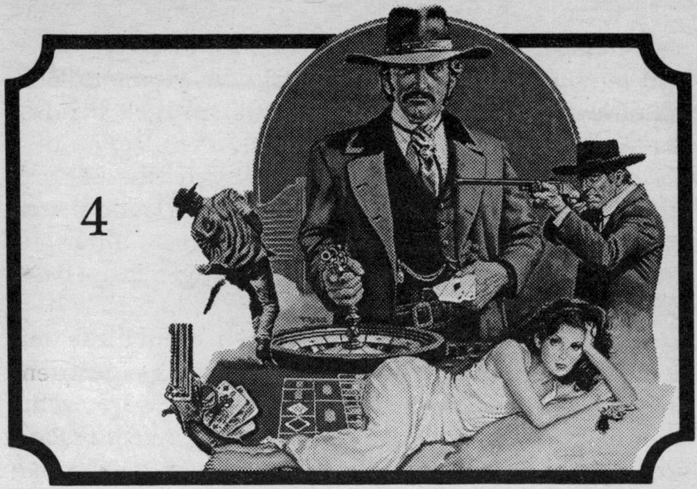

Als die Sonne untergegangen ist und sie im großen Wagencamp am Pecos River ihre Gespanne versorgt und die Achsen ihrer Wagenräder geschmiert haben, auch sonst noch alle anderen Arbeiten erledigt wurden, da kommen sie mit Gebrüll.

Es sind mehr als fünfzig urige, eisenharte und nach Sünden lechzende Frachtfahrer und Maultiertreiber, denen der Wagenzugboß Ausgang gab, weil sie diesmal an der Reihe waren. Bei der nächsten Stadt wird die andere Hälfte der Wagenzugmannschaft Urlaub bekommen.

Ja, sie kommen mit Gebrüll auf sattellosen Maultieren hereingeritten in den kleinen Ort. Und ihr Gebrüll wird noch lauter, klingt wild jauchzend, als sie erkennen, daß der Saloon sich in einer ehemaligen Missionskirche befindet.

Dies ist für sie der erste große Spaß.

Und so drängen sie hinein, verteilen sich, verlangen

nach Feuerwasser, das sie auch Pumaspucke nennen – und auch die sechs Mädchen aus dem Dorf Rio Paso bekommen sofort Kundschaft, ja, man prügelt sich fast um sie.

Außer dem Klavier spielen auch noch eine Gitarre, eine Trompete und eine Geige. Hinter der Bar bedienen außer jenem Hurtado noch zwei andere Männer aus dem Dorf. Roberto am Klavier aber ist zugleich auch der Kapellmeister.

Es herrscht sofort ein wüster Betrieb, denn diese rauhen Frachtfahrer und Maultiertreiber sind eine wilde Horde. Eine andere Sorte von Männern wäre wahrscheinlich auch gar nicht in der Lage schwere Frachtwagen durch das rauhe, von Banditen und Apachen bewohnte Land zu fahren. Nur die härtesten Kerle können das durchstehen.

Bud Lonnegan, der Spieler, sitzt schon in der Ecke an einem Spieltisch und hält die Bank beim Black Jack.

Linda McNally bedient das Roulette und fordert zum Einsatz auf. Dann beginnt die Kugel in der Rouletteschüssel zu klicken.

Um Lindas Roulettetisch drängen sich die rauhen Burschen. Denn hier können sie eine schöne und begehrenswerte Frau bestaunen, die ihnen wie ein Wunder aus einer anderen Welt vorkommt.

Denn Linda McNally gibt sich wie eine Lady, die herabgestiegen ist in die Niederungen der Primitiven. Sie unterscheidet sich so sehr von den sechs Putas mexikanischer Abstammung, daß selbst die rüdesten Burschen sie mit Respekt behandeln.

Der texanische Revolvermann Lance Bronson und der ehemalige Preiskämpfer Mike Stonebreaker wandern fortwährend umher. Doch noch gibt es keinen ernsthaften Streit aus irgendwelchen Gründen, so wild und ausgelassen sich auch alle gebärden und sich ständig mit rotem spanischem Wein, mit Tequila und Brandy vollschütten, so als müßten sie befürchten, daß die Vorräte ausgehen könnten.

Aber dann tauchen andere Gäste in der großen Amüsierhalle auf, die einst das Kirchenschiff war.

Es sind Reiter, keine Frachtfahrer. Es sind Männer, die lederne Chaps tragen und an deren Cowboystiefeln Sporenrädchen klingeln. Sie kommen allein oder in kleineren Gruppen. Manche sind mexikanischer Abstammung, andere nicht.

Lance Bronson kennt sich aus mit dieser Sorte, er ganz besonders. Und so weiß er, daß diese Männer aus einsamen Camps kommen, von unbestimmbarem Einkommen leben und zu keiner Sorte der schattenhaft Treibenden gehören, die irgendwo geächtet wurden, auf der Flucht sind oder selbst Fährten verfolgen.

Denn dieses hier ist ein Land mit vielen Geheimnissen, tausend verborgenen Winkeln, zu denen kaum erkennbare Pfade führen.

Vielleicht ist es fast jede Nacht so, daß jene schattenhaft Treibenden hier in Rio Paso auftauchen, um mal andere Gesichter zu sehen, einige Drinks zu nehmen und auch mal für eine Stunde oder eine ganze Nacht ein Mädchen zu kaufen.

Nur heute ist es anders, weil der starke Frachtwagenzug kam, zu dem mehr als hundert Mann gehören.

Doch noch bleibt alles friedlich. Die Kapelle lärmt. An der Bar drängen sie sich und trinken. Der Spieler Lonnegan gewinnt beim Black Jack. Auch Linda ist erfolgreich am Roulettetisch.

Ihre kehlige und dennoch so melodisch klingende Stimme enthält stets den Klang einer Herausforderung, wenn sie halblaut ruft:

»Machen Sie Ihren Einsatz, Gentlemen! Gleich geht es weiter! Vielleicht bringe ich Ihnen Glück! Wer versucht es noch? Jetzt geht nichts mehr!«

Und dann klirrt und klickt wieder die kleine Kugel in der Rouletteschüssel.

Doch dann – es ist schon fast Mitternacht geworden –, da gibt es den ersten Ärger. Eines der Mädchen, die mit ihren ›Freiern‹ immer wieder in einem Durchgang verschwanden, der zu den kargen Zellen der einst hier lebenden Padres führt, kommt splitternackt in den großen Vergnügungsraum gerannt, laut um Hilfe kreischend – und verfolgt von einem riesigen Burschen, der wie verrückt lacht und ein langes Messer schwingt.

Zwischendurch brüllt er: »Bleib stehen, du verdammte Hexe, bleib stehen! Ich will ja nur deine Haare, nur deine langen, schwarzen Haare. Denn ich . . .«

Weiter kommt er nicht. Denn er muß in diesem Moment an Mike Stonebreaker vorbei. Dieser hält ihn mit einem herumgezogenen Schwinger auf, der ihn voll auf Nase und Mund trifft und ihm fast den Kopf von den Schultern schlägt.

Der brüllende Bursche hält an, als wäre er gegen eine unsichtbare Wand gerannt, und taumelt dann auf den Absätzen drei Schritte zurück.

Stonebreaker aber folgt ihm und trifft ihn noch zweimal – einmal in die Magenpartie – und dann mit einem Aufwärtshaken, der ihn schließlich auf den Rükken wirft, wo er dann auf den Steinplatten liegt und alle Glieder von sich streckt.

Jäh wurde es still.

Nur das nackte Mädchen ruft kreischend in die Stille:

»Der ist loco, einfach loco, loco, loco!«

Und dann läuft sie nackt durch den Gang zurück, durch den sie in den Saloon geflüchtet war.

Brüllendes Lachen folgt ihr.

Aber dann wird es wieder still – und nun ist es eine unheilvolle Stille, drohend und böse.

Dann spricht eine heisere Stimme: »Jungs, er hat einen von uns kleingemacht, der sich nicht zu wehren vermochte, weil er zu betrunken war. Ist das fair?«

Als Antwort brüllen an die drei Dutzend Stimmen: »Nein!«

Sofort brüllt eine andere Stimme gellend:

»Also machen wir diesen Laden klein! Los, Jungs! Haut alles in Klump!«

Einen Moment verharren sie noch, so als müßten sie noch einmal tief Luft holen, um abermals loszubrüllen und dann loszulegen.

Doch in diese Stille klingt nun Linda McNallys Stimme hinein – nicht scharf, auch nicht bittend – nein, eher lockend.

Sie ruft: »Jungs, seht mich an!«

Sie alle wenden sich ihr zu, und sie sehen sie auf einem der Tische stehen. Um dort hinaufzukommen von einem Stuhl mußte sie ihre Röcke hochraffen. Sie hält diese Röcke immer noch hoch genug, mehr als eine Handbreit über die Knie.

Noch niemals sahen diese Männer solch makellos gewachsene Beine in zierlichen Stiefelchen.

Jemand ruft:

»Seht euch das an, Jungs. Sie hat die schönsten Beine der Welt. Ob sie damit auch tanzen kann?«

Nun brüllen sie wieder los, denn sie alle sind ja mehr oder weniger betrunken. Sie haben vergessen, daß sie alles in Klump schlagen wollten – und sie vergessen auch ihren verrückt gewordenen Kollegen, der immer noch bewegungslos am Boden auf dem Rücken liegt und alle Glieder von sich streckt.

»Sie soll tanzen, tanzen auf dem Tisch, tanzen für uns!«

So gellt es.

Aber sie läßt ihre Röcke fallen und hebt beide Hände.

Und als es wieder still wird, da lacht sie und sagt: »Jungs, nicht tanzen, sondern singen werde ich für euch! Bringt mir die Gitarre!«

Der Gitarrenspieler neben dem Klavier stößt sofort einen bereitwilligen Ruf aus und strebt mit der erhobenen Gitarre dem Tisch zu, auf dem Linda McNally wartend verharrt.

Sie nimmt die Gitarre, greift in die Saiten, läßt ein paar Akkorde hören und beginnt dann zu singen.

Und es bleibt still. Es ist eine geradezu andächtige Stille.

Denn Linda McNallys Stimme verzaubert sie alle von Anfang an. Aber es ist nicht nur diese wundervolle Frauenstimme, dieser Klang, der aus einem wunderbaren Geheimnis zu kommen scheint –, es ist auch das Lied mit seinen einfachen Worten. Es ist ein Lied, dessen Worte tief in die Herzen dieser rauhen Burschen gehen, mögen sie auch noch so betrunken sein.

Denn sie singt ihnen das Lied – oder besser gesagt die Ballade – von Buck Buckmaster, dem legendären König aller Frachtfahrer.

Es ist die große Ballade aller Frachtfahrer und Maultiertreiber. Sie erzählt die Geschichte eines Jungen, der auf harten und rauhen Wegen ein besonderer Mann wurde und tausend Abenteuer bestand – und der immer wieder eine ihn liebende Frau verlassen mußte, weil man ihn brauchte für eine Fahrt mit wichtiger Fracht durch alle sieben Höllen.

Ja, es ist das Lied, welches sie alle begeistert. Und es wird gesungen von einer schönen Frau mit einer

Stimme, die ihnen tief unter die Haut geht, von einer Frauenstimme, deren Besitzerin diese Welt genau kennt und der nichts mehr fremd ist.

Es ist eine lange Ballade.

Und als sie gesungen ist, da jubeln sie Linda dankbar zu. Es ist eine Verehrung zu erkennen in ihren Rufen, so als wäre Linda nun die Königin der Frachtfahrer geworden.

Alles in diesem seltsamen Saloon hat sich verändert.

Linda McNally vollbrachte dies wie durch Zauberei.

Als es dann still wird, sagt eine Stimme laut:

»Es ist genug, Jungs! Gehen wir, denn bald ist die Nacht vorbei. In wenigen Stunden müssen wir anspannen! Gehen wir. Und Ihnen, Lady, danken wir für dieses Lied.«

Noch einmal brüllen und klatschen sie.

Dann drängen sie hinaus. Und jener Bursche, den Stonebreaker von den Beinen schlug, kam inzwischen wieder hoch. Zwei Mann haken ihn rechts und links unter und führen ihn hinaus. Er will protestieren, sich freimachen. Er ruft böse:

»Wo ist der Hurensohn, der mich plattmachte? Nun will ich . . .«

»Halt dein Maul, Jake«, knurrt ihm einer seiner beiden Begleiter zu.

Dann sind auch sie mit ihm verschwunden.

Im Saloon ist es still, obwohl noch etwa zwei Dutzend Gäste vorhanden sind, nämlich jene Reiter mit den klingelnden Sporen und den tiefhängenden Colts.

Sie sprechen nicht viel, und sie gehören ja auch nicht zusammen, so wie die Frachtfahrer des Wagenzugs.

Aber einer, der sogar seinen Hut vor Linda zieht und sich verbeugt wie ein spanischer Hidalgo, sagt:

»Lady, meine Verehrung. Das war wunderschön.

Haben Sie vielleicht auch das Lied auf Lager, das vom Geist eines Cowboys in Laredo erzählt, welcher ruhelos umherzieht und seine Wünsche für die Beerdigung seiner leiblichen Hülle äußerst?«

»Sicher, mein Freund, sicher«, erwidert Linda McNally und greift wieder in die Saiten. Dann singt sie:

O, beat the drum slowly and play the fife lowly
Play the death march as they carry me along,
Put bunches of roses all over my coffin,
Roses to deaden the clods as they fall.

Dämpft den Trommelschlag, spielt die Flöte leise,
Spielt den Totenmarsch, wenn sie mich vorbeitragen,
Werft eine Menge Rosen auf mein Grab,
Damit die Erdschollen nicht so schwer auf mich fallen.

Auch dieses Lied hat viele Strophen, denn nach dieser ersten Strophe wird erzählt, wie der Cowboy zu Tode kam. Linda singt sie alle.

Und als sie endet, singt sie noch einmal die erste, die dann auch die letzte ist.

Als sie endet, bewegen sich zwei der Reiter, treten zu ihr an den Tisch und helfen ihr von dort auf den Stuhlsitz und von diesem auf den Boden nieder.

»Sie haben uns wirklich beglückt, Lady«, sagt einer.

Dann aber leert sich der Saloon – und sie alle, die an Linda vorbeigehen, ziehen ihre Hüte.

Linda wendet sich an die Helfer, auch an die Musikanten und die Mädchen.

»Es ist vorbei«, spricht sie laut genug. »Kommt zu mir an den Roulettetisch. Ich zahle euch den Lohn für die erste Nacht. Kommt!«

Als sie allein sind und alle Ein- und Ausgänge geschlossen haben, da versammeln sie sich am Tisch des Spielers Lonnegan, dessen Hände die Karten mischen und mit ihnen Kunststücke vollführen, die wie Zauberei aussehen.

Stonebreaker gießt Drinks für alle ein.

Dabei sagt er: »Dies wäre also die erste Nacht in unserem Saloon. Wir könnten gewiß davon leben auch ohne das Gold, nicht wahr? Linda, du warst großartig. Aber ich mußte diesen verdammten Narren doch klein machen. Was sollte ich denn tun, wenn solch ein brüllender Bulle mit einem langen Messer hinter einem nackten Mädchen hergesaust kommt und das Mädchen vor Angst kreischt, he, was hätte ich denn anderes tun sollen?«

Sie nicken Stonebreaker beruhigend zu, und Lance Bronson sagt:

»Natürlich konntest du das nicht durchgehen lassen. Wir müssen unsere Mädchen beschützen, auch alle anderen Helfer. Wir müssen stets die Herren in unserem Hause bleiben. Da darf keine Maus einen Faden davon abbeißen. Aber es wäre schlimm geworden ohne Linda. He, du rothaariges Grünauge, du bist wirklich was Besonderes. Dein Mann, den eine Klapperschlange biß, war zu beneiden. Zwar war sein Leben kurz, aber er hatte immerhin dich für eine Weile. Und dies . . .«

»Schon gut«, unterbricht sie ihn, leert ihr Glas und erhebt sich. »Ich gehe schlafen. Ihr werdet nichts dagegen haben, wenn ich Joshua Caines Wohn- und Arbeitszimmer in Beschlag nehme. Ihr müßt euch anderswo einquartieren. Oder wollt ihr noch in den Keller und von diesem in den Stollen, um Gold herauszuschlagen aus der Ader im Fels?«

»Heute nicht – noch nicht«, murmelt Lonnegan. »Es

wird Nächte hier geben, in denen es ruhiger zugeht. Dann können wir jede Nacht einige Stunden arbeiten.«

Sie nickt und verläßt die drei Männer.

Diese sehen ihr nach. Dann murmelt Bronson:

»Was für ein Weib. Werden wir uns bald um sie streiten? Werden wir bald ihretwegen zu Feinden werden? Oder juckt es euch nicht, sie eines Tages zu besitzen?«

Da grinst Lonnegan, der Spieler, und sagt mit einem Klang von Spott in der Stimme:

»Vielleicht bleibt am Schluß sowieso nur einer von uns übrig. Es kann ja noch allerhand geschehen. Denkt nur immer an diese Ramona. Denn sie wird Killer herschicken. Da könnt ihr sicher sein. Und gegen diese Killer werden auch Lindas Lieder machtlos sein.«

Sie starren ihn an und nicken schließlich. »Ja, du siehst es wohl richtig, Lonnegan«, murrt Stonebreaker. »Wir werden hier noch viele Monate zubringen müssen. Und wie können wir eines Tages das Gold wegschaffen – und das Erz? Es ist ja nicht nur reines Gold. Wir bekommen noch viele Probleme. Was ist zum Beispiel, wenn diese Ramona mit ihren Freunden geduldig irgendwo wartet, bis wir die Goldader ausgebeutet haben und mit einigen Wagenladungen voller Gold oder von Erz hier abhauen? Dann brauchen sie nur in einem Hinterhalt auf uns warten. Es ist hier noch alles völlig offen. Aber gehen wir erst schlafen.«

5

Alles spielt sich ein und geht Tag für Tag und Nacht für Nacht seinen gewohnten Gang, so wie es war, als Joshua Caine noch lebte und diesen Saloon betrieb.

Der kleine Ort Rio Paso ist für viele Menschen in der Runde von etwa fünfzig Meilen sozusagen der Nabel der Welt. Hierher kommen sie aus verborgenen Camps, aus kleinen Siedlungen, einigen Farmen und auch Rinderranches.

Der Durchgangsverkehr zum Goldland im Arizona-Territorium führt hier durch die Pecos-Furt und damit auch durch Rio Paso. Es kommen die Wagenzüge, die Postkutschen, manchmal ein Siedlertreck, dann wieder eine kleine Treibherde. Es gibt Wildpferdjäger im Lande.

Im Saloon ist mal wenig, mal viel Betrieb. Manchmal werden nur wenige Helfer benötigt, manchmal aber alle, auch die käuflichen Mädchen, die man hier Putas nennt, weil sie mexikanischer Abstammung sind.

Und manchmal reiten hier Banditen durch, die irgendwo Beute machten und sich über den Pecos retten, weil es westlich des Pecos kein Gesetz mehr gibt.

Die schöne Linda McNally und die drei Männer könnten wahrhaftig einigermaßen von den Einkünften dieses Saloons leben.

Doch sie wollen ja mehr, viel mehr.

Manchmal, wenn sie im Stollen arbeiten und mit Hammer und Meißel den Fels losbrechen, um die Goldaderverästelungen freizulegen und das Erz herauszuschlagen, das noch genügend Gold enthält, so daß sich ein Transport zu einer Erzmühle und Schmelze lohnt, da staunen sie immer wieder.

Denn immer noch halten sie alles für ziemlich verrückt.

Ja, sie arbeiten hart, wenn sie allein sind. All ihre Helfer, die erst gegen Abend kommen, wohnen außerhalb der alten Mission und der alten Kirche, die ja gewissermaßen entweiht wurde, als Joshua Caine sie zum Saloon umwandelte.

Manchmal fragen sie sich und stellen auch Vermutungen an, wie dieser Joshua Caine in den Besitz der Pergamentblätter gelangt sein mochte. Wahrscheinlich war er mit einem Wagenzug, mit dem er die gesamte Ausstattung eines noblen Saloons transportierte, unterwegs ins Goldland von Arizona.

Doch dann blieb er hier.

Er fand in den Kellergewölben den Zugang zum Goldstollen der Ader und legte ihn frei. Mit einem der riesengroßen Fässer kaschierte er ihn dann und machte sich allein an die Arbeit, wenn der Saloon geschlossen war.

Manchmal, wenn sie innehalten, stellen sie Überlegungen an, wie sie all das Golderz abtransportieren könnten. Denn es werden einige Wagenladungen sein.

»Und wenn wir uns nur mit dem puren Gold begnügen, das wir aus der Ader holen?« So fragt Stonebreaker einmal.

Da schütteln Bronson und Lonnegan den Kopf. Der Spieler Lonnegan betrachtet im Laternenschein seine zerschundenen Hände. Einst waren sie geschmeidig und gepflegt, fast wie Frauenhände, geeignet für Kartenkunststücke und Zaubertricks. Nun bekam er Schwielen, und einige Male schlug er sich auf die Knöchel statt auf den Meißelkopf. Aber sie holen Gold heraus. Und zu beiden Seiten der Hauptader ist noch viel Gold im Felsgestein, reiches Erz also.

Bronson erwidert auf Stonebreakers Frage:

»Wir wollen alles bis auf den letzten Krümel Gold – alles, verstehst du? Irgendwie bekommen wir es schon fort. Wir könnten es in die großen Fässer füllen, nachdem wir diese auf Frachtwagen luden, die noch anzuschaffen wären. Und wir könnten sagen, daß wir Wein holen wollen. Aaah, es werden sich gewiß Möglichkeiten ergeben, mit dem Gold und auch dem hochprozentigen Erz wegzukommen.«

Lonnegan nickt zu Bronsons Worten und sagt knapp:

»Kommt Zeit, kommt Rat. Wir wollten uns darüber nicht schon jetzt die Köpfe zerbrechen. Denken wir lieber an diese Ramona, die wir noch nicht kennen. Immer dann, wenn ich an sie denke, stelle ich sie mir als schönes Ungeheuer vor, das imstande ist, uns den Tod zu schicken. Wenn wir nur herausbekommen könnten, wo sie sich aufhält. Ich bin sicher, daß wir bereits ihre Spione hier zu Gast hatten. Ich kann wittern, daß sich ein Unheil über unseren Köpfen zusammenzieht wie die Wolken eines Unwetters, aus denen bald die Blitze zucken.«

Als er verstummt, nicken sie alle.

Dann arbeiten sie weiter. Sie machen im engen Stollen nicht viel Lärm. Oben ist nur Linda. Sie läßt niemanden tagsüber in den Saloon. So können sie sicher sein, daß man ihr Arbeiten nicht hören kann.

Und stets ist ihnen bewußt, daß sie noch erbarmungslos werden kämpfen müssen, falls sie eines Tages mit ihrem Erbe – denn sie wurden ja Joshua Caines Erben – davonkommen wollen.

Es gibt noch eine andere Gefahr, die ihre Partnerschaft zerstören und sie zu Feinden machen könnte.

Nein, es ist nicht das Gold, das vielleicht jeder von ihnen für sich allein haben möchte. Es ist die schöne Linda.

Auch sie spürt ständig diese Gefahr, und als sie nach einer langen Nacht den Saloon schließen, nachdem sie ihre Helfer entlohnt und entlassen haben, da setzen sie sich noch einmal zusammen, zählen die Einnahmen und nehmen noch einen letzten Drink.

Linda McNally sagt plötzlich:

»Ich muß mit euch darüber reden! Denn ich muß es euch noch einmal eindringlich klarmachen! Hört mir zu und macht eure Ohren auf. Denn was ich euch jetzt sage, ist mein bitterster Ernst.«

Sie waren schon ziemlich entspannt und mit ihren Gedanken nach der langen Nacht fast schon in ihren Betten, um einige Stunden ruhen zu können, bevor sie wieder im Goldstollen zu arbeiten beginnen.

Sie sehen die schöne Linda an – und jeden Tag und jede Nacht kam sie ihnen schöner und begehrenswerter vor.

Lonnegan fragt fast flüsternd:

»Was willst du uns klarmachen, du rothaariges Grünauge?«

Er verstummt etwas spöttisch, aber in seinen Augen erkennt sie etwas ganz anderes. Dies kann sie auch immer wieder in den Blicken der beiden anderen Männer erkennen.

Und so spricht sie fast grob:

»Jeder von euch will mich haben. Verdammt, schlagt euch das aus dem Kopf.«

Sie macht eine Pause und betrachtet sie nacheinander fest.

»Ihr schleicht um mich herum – jeder von euch, jawohl, jeder von euch!, wie drei lüsterne Wolfsrüden um eine Wölfin. Und ihr erwartet, daß ich einen von euch erwähle. Ich kann das spüren. Irgendwann werdet ihr verrückt genug sein, um es unter euch auszukämpfen. Das wäre primitiv, dumm und würde unsere Partnerschaft zerstören. Wir würden uns gegenseitig vernichten. Also betrachtet mich als eure Schwester. Verdrängt alle andere Wünsche und Gedanken. Ich kann keinen anderen Mann mehr lieben, nachdem der, den ich in Mexiko aus dem Zuchthaus befreite, in der Freiheit von einer Klapperschlange getötet wurde. Bleibt mir auch mit euren Gedanken von der Pelle. Verstanden?!«

Sie verstummt zornig, und in ihren grünen Katzenaugen sprüht der Zorn.

»So gefällst du uns noch besser«, sagt Lance Bronson und grinst.

»Und vergiß nicht, wenn du deine Lieder singst für all die unrasierten Kerle, machst du auch uns verrückt«, knurrt Mike Stonebreaker. »Oder glaubst du, daß wir Heilige sind? Verdammt, wir sind gesunde Männer, die sich jede Nacht eine Frau wünschen. Das ist auf der ganzen Erde so. Und dich haben wir immerzu in unserer Nähe.«

Der Spieler Lonnegan schweigt noch eine Weile. Er hat sein Lammfleisch in kleine Stücke geschnitten und benutzt nur noch die Gabel.

»Ja, es ist nicht einfach für uns«, murmelt er schließlich zwischen zwei Bissen. »Weißt du, wir sind besondere Burschen, die bisher jede Frau bekamen, auf die sie scharf waren. Und nun soll dies nicht mehr funktionieren? Ich hoffe sehr, daß wir alle noch sehr lange unseren Verstand behalten, ja, das hoffe ich wirklich sehr. Es war schon immer so auf dieser Erde, daß eine Frau unter mehreren Männer eine Menge Unheil anrichten konnte.«

»Aber ich animiere keinen von euch«, faucht sie. »Ich will eure Schwester sein, nichts anderes, eure Partnerin. Seid nur nicht dumm.«

Sie erwidern nichts. Sie erheben sich schweigend und verlassen sie.

Auch als sie dann in ihren kleinen Kammern verschwinden, die sich in dem Gebäude der alten Mission befinden, in denen früher die Padres wohnten, da sprechen sie kein Wort.

Dennoch verspürt jeder eine Mißstimmung.

Wie wird es weitergehen? Das fragt sich wohl jeder von ihnen.

Es ist einem späten Nachmittag, als Linda in die Kellergewölbe niedersteigt und zu dem großen Faß tritt, durch welches man in den Stollen gelangen kann, den damals schon die ersten Spanier – der Goldader folgend – abzuteufen begannen. Wahrscheinlich hatten sie ihn damals, als die Mission von den Apachen belagert wurde, wieder am Eingang zugeschüttet und die Kellerwand zugemauert.

Doch Joshua Caine fand dann nach wochenlanger Suche den Zugang wieder.

Linda McNally ruft hinein:

»Hoiii, ihr Maulwürfe, hört auf. Ich öffne den Saloon! Bald kommen unsere Helfer. Hört auf, denn es wurde später Nachmittag.«

Einige zustimmende Rufe klingen aus dem Stollen, der nur mäßig , mit kaum mehr als fünf Prozent Gefälle, abwärts führt.

Linda geht wieder nach oben, durchquert an der langen Bar entlang den großen Gastraum und öffnet den Haupteingang. Ein wenig staunend stellt sie fest, daß noch niemand von ihren Helfern vor dem Eingang wartet. Gewiß, die Mädchen kommen stets erst nach Nachtanbruch, aber die beiden Barmänner sind zumeist schon hier, denn sie haben noch aufzuräumen, sauberzumachen, Gläser zu spülen.

Es liegt und steht ja vom Ende der vergangenen Nacht noch alles herum.

Doch heute ist noch niemand da. Auch Roberto, der Klavierspieler, ist noch nicht gekommen, denn normalerweise kommt auch er stets ziemlich früh, um für sich selbst zu spielen, meist sind es Stücke, die ihm ein ganz besonderes Können abverlangen.

Es ist keine Musik für betrunkene Gäste. Sie würden ihn auspfeifen. Aber er liebt die Musik der großen Komponisten, besonders die von einem gewissen Mozart, der so jung sterben mußte und so wunderschöne Musik schuf. Fünfunddreißig Jahre wurde er nur alt, und dennoch hinterließ er dieser Welt ein gewaltiges musikalisches Erbe.

Roberto weiß das alles, und er verehrt diesen Wolfgang Amadeus Mozart wie einen Gott. Doch heute ist er noch nicht hier, um für sich selbst zu spielen.

Linda tritt zwei Schritte ins Freie.

Und nun spürt sie instinktiv, daß in Rio Paso etwas anders ist als sonst um diese Tageszeit.

Rio Paso ist wie ausgestorben, wie tot. Es ist so wie damals, als sie hier ankamen und bald darauf die fünf mexikanischen Banditen und Pistoleros hier eintrafen. Es ist so wie zu jener Stunde, als Joshua Caine im Sterben lag und kurz danach. Auch da hatte sich diese kleine Stadt gewissermaßen totgestellt und kaum noch zu atmen gewagt.

Linda McNally ist eine erfahrene Frau mit einem feinen Instinkt für Gefahr.

Jetzt spürt sie diese Gefahr.

Und sie will sich wenden und zurück in den Saloon gehen. Ja, sie hat das Gefühl, flüchten zu müssen in den festen Bau aus Bruchsteinen – und als müßte sie verdammt schnell die Tür hinter sich zuwerfen und abriegeln.

Doch es ist zu spät.

Aus einer Nische – keine vier Yard vom Eingang entfernt – taucht ein kleiner schnauzbärtiger und sehr krummbeiniger Mexikaner auf, dem der Sombrero auf dem Rücken hängt.

Dieser kleine Bursche läßt eine mehr als acht Yard lange Maultiertreiberpeitsche lossausen. Das Ende wickelt sich um Lindas Fußgelenke. Und so fällt sie nach vorn, liegt zappelnd in der offenen Tür, mit dem Oberkörper schon drinnen und von den Hüften abwärts noch draußen im Staub.

Sie will hoch. Dabei stößt sie einen wütenden Schrei aus, aber sie kann nicht sicher sein, daß ihre drei Partner diesen Warnschrei unten in den Kellergewölben hören können. Wahrscheinlich sind sie sogar noch im Goldstollen.

Es sind plötzlich noch mehr Angreifer da. Ja, es sind Angreifer, offenbar Banditen, und nicht alle sind mexikanischer Abstammung. Sie springen über Linda hinweg in den großen Raum des einstigen Kirchenschiffes hinein. Ganz offensichtlich wissen sie genau, wohin sie wollen – nämlich zu einem Nebenraum, von dem aus eine Steintreppe hinunter zu den Kellergewölben führt.

Linda kann sie nicht aufhalten. Sie wird auch immer wieder zu Boden gestoßen, wenn die Kerle über sie hinwegspringen.

Lance Bronson kommt zuerst aus dem Weinfaß in das Kellergewölbe, als vier Eindringlinge auftauchen, die ihre Waffen schußbereit halten, sich gleitend und nach allen Seite witternd bewegen.

In den Kellergewölben leuchtet eine einzige Laterne. Sie verbreitet ein sehr schwaches Licht, schafft nur ein Halbdunkel.

Lance Bronson trägt seine beiden Waffen zwar nicht in den Holstern. Dies hätte ihn bei der Arbeit im Stollen zu sehr behindert. Doch er hat eine seiner Waffen hinter dem Hosenbund stecken. Er bekommt sie sehr schnell heraus und zerschießt die Laterne. Sie verlöscht sofort, denn es brennt ja nur eine dicke Kerze in ihr. Und weil er sich ziemlich gut merken konnte, wo sich die vier aufgetauchten Gestalten ungefähr befinden müssen, feuert er weiter, leert seine Waffe.

Er hört das Gebrüll der Eindringlinge, sieht auch in zwei Mündungsfeuer und spürt den Luftzug der Kugeln. Hinter ihm brüllen die beiden anderen Männer im Weinfaß.

Er ruft über die Schulter: »Na los, kommt heraus, Jungs, damit wir es ihnen geben! Mein Colt ist leergeschossen! Kommt schon und schießt auf ihre Mündungsfeuer. Es sind vier Mann, vielleicht aber auch nur noch drei oder zwei!«

Er weicht bei seinen scharf gerufenen Worten zur Seite, macht den Ausgang des großen Weinfasses frei. Und er hört seine beiden Partner fluchend herauskommen und spürt sie dann neben sich.

Doch es leuchten keine Mündungsfeuer mehr auf, die ihnen ein Ziel geben könnten. Dafür hören sie die wild kichernde und böse klingende Stimme eines Mannes, der dem Akzent nach gewiß ein Mexikaner ist.

»Ay, Amigos, wir sind gekommen, euch zu töten! Und wir finden euch auch in dieser schwarzen Dunkelheit. Ay, wir werden euch die Kehlen durchschneiden. Wir finden euch, auch wenn ihr den Atem anhaltet und euch nicht bewegt.«

Bronson, Stonebreaker und Lonnegan erwidern nichts. Sie schweigen und warten.

Als Linda sich endlich aus dem Staube erheben kann und in den Saloon tritt, da steht ein grinsender Bursche an der Bar, winkt ihr mit dem Lauf eines Revolvers und sagt mit blinkendem Grinsen unter seinem schwarzen Sichelbart:

»Na komm schon, schöne Hombra, komm und gieße mir Tequila ein – auch für dich. Denn wenn meine Amgios dort unten fertig sind, werden wir hier ein großes Fest feiern mit dir. Wir haben von deiner Schönheit gehört und waren sehr neugierig auf dich. Komm!«

Sie verharrt nur zwei Atemzüge lang, dann gehorcht sie und begibt sich hinter die lange Bar. Dabei klopft sie sich den Staub vom Kleid, schüttelt auch ihre Röcke und zeigt dabei ihre makellosen Beine.

Der Mann an der Bar schnalzt mit der Zunge und sagt:

»Du bist so schön wie Ramona, die uns schickte, ja, du bist so schön wie sie – nur anders. Ich glaube, wir werden viel Spaß mit dir haben, ayayay!«

Sie lächelt ihn an, indes sie hinter die Bar tritt und sagt dabei:

»Ay, Amigo, ich bin es gewöhnt, daß stolze Hombres mit mir Spaß haben wollen. Warum auch nicht, Amigo. Das ist nun mal so, wenn man eine schöne Hombra ist.«

Sie füllt nun zwei Gläser aus einem Tequila-Krug, stellt ihn hin und greift nach einem der Gläser: »Auf unseren Spaß, Amigo«, sagt sie lächelnd. »Ich weiß immer, auf welcher Seite ich stehen muß, um nicht zu verlieren. Ich habe es immer gewußt, Hombre.«

Auch er nimmt das Glas. Und als sie sich zuprosten, da sieht es einen Moment so aus, als wollte sie das Glas tatsächlich an die Lippe führen und daraus trinken.

Doch dann schüttet sie ihm über die Bar hinweg das scharfe Zeug ins Gesicht. Es geht blitzschnell, so als hätte sie es als Bardame tausendmal geübt. Der schwere Revolver des Mannes kracht. Der Feuerstrahl versenkt ihr an der linken Schläfe das Haar.

Doch zugleich greift sie unter die Bar, wo die Schrotflinte mit den abgesägten Läufen liegt. Diese kurze Waffe ist handlich genug, daß sie blitzschnell damit umgehen kann.

Sie feuert beide Läufe ab und die fürchterliche Bleisaat zerfetzt den Oberkörper des brüllenden Mannes.

Es ist ein erbarmungsloses Töten ohne Gnade.

Wieder greift sie unter die Bar, holt zwei große Papp-Schrotpatronen aus der Schachtel und lädt die Parker-

Schrotflinte – es ist das neueste Modell – mit kundigen Griffen neu.

Dann verläßt sie die Bar, schenkt dem Toten am Boden keinen einzigen Blick und geht in den kleinen Nebenraum, von dem die Steintreppe in die Kellergewölbe abwärts führt.

Hier wartet sie.

Unten ist es lange still. Dann aber wird Gebrüll hörbar, Schüsse krachen.

Und ein langer gellender Schrei, der jäh verstummt, läßt erkennen, daß jemand sterbend und voll Schmerz diesen Schrei ausstößt.

Linda hält die abgesägte Schrotflinte bereit.

Sie muß nicht lange warten, denn nun kommen sie herauf.

Es hielt sie nicht mehr im dunklen Keller, obwohl ihr Sprecher anfangs so stolze und großspurig drohende Worte rief.

Zwei Mann sind es noch, die heraufgesprungen kommen, mit Revolvern und Macheten in den Händen.

Vor einer Minute waren sie noch mutig und siegesgewiß.

Jetzt flüchten sie. Denn wahrscheinlich begriffen sie endlich, daß sie sich in den Kellergewölben bei völliger Finsternis längst nicht so gut auskennen wie die Hausherren.

Sie kommen also herauf und laufen in die Bleisaat von Linda McNally.

Nein, sie kennt kein Erbarmen, keine Gnade.

Sie schießt die beiden Männer – nur einer von ihnen ist mexikanischer Abstammung – die Steintreppe hinunter und in den Keller zurück.

Lonnegan, Stonebreaker und Bronson müssen über die leblosen Körper hinwegsteigen.

Sie starren Linda McNally an, als sähen sie diese zum ersten Male und könnten etwas einfach nicht fassen.

Aber es ist ja auch kaum zu fassen. Sie ist eine wunderschöne Frau, von der Schöpfung beschenkt mit allen körperlichen Vorzügen.

Doch sie hat getötet wie ein eiskalter Krieger.

Sie versammeln sich an der Bar. Lonnegan und Stonebreaker sind leicht verwundet, aber es sind nur leichte Kratzer an den Armen.

Lance Bronson trat einen Moment hinaus auf die staubige Straße und sah sich um. Nun kommt auch er zur Bar, um einen Drink zu nehmen. Er sagt:

»Rio Paso stellt sich wieder tot. Sie haben sich wieder alle verkrochen. Irgendwie erkennen sie schnell, wenn eine Bande Revolverschwinger oder Banditen in die Stadt kommt. Und manchmal möchte ich fast schon vermuten, sie wissen um das Geheimnis dieser Goldader und haben längst schon begriffen, warum immer wieder Pistoleros hier auftauchen. Zuerst stach diese Ramona Joshua Caine ab. Dann kamen Reiter, um hier alles zu übernehmen. Verdammt, wie viele müssen wir noch umbringen? Ich sollte mich auf den Weg zu dieser Ramona machen! Wenn ich nur wüßte, wo ich sie finden kann?«

Sie starren ihn an.

Dann lächelt Bud Lonnegan und spricht mit einer Spur von Spott in seiner Stimme: »Ich bin ja nur ein Spieler, den man da und dort dann und wann auch einen Kartenhai nennt. Ich bin kein Scout, auch kein halber Indianer. Aber eins weiß ich sicher, weil ich Pferde kenne und einen Pferdeverstand besitze. Oder ist es nicht so, daß Pferde, wenn man sie fortjagt, stets dorthin zurücklaufen, wo ihr Stall, ihr Corral und ihr Futter sind? Jagt doch mal einen der Gäule, auf denen diese Narren herkamen, davon. Vielleicht führt es uns zu dieser Ramona, wenn sie auf einer Ranch, einer Farm oder in einer kleinen Siedlung auf gute Nachrichten wartet.«

Sie sehen ihn an.

»Man kann es ja versuchen«, murmelt Lance Bronson. »Ja, ich werde es versuchen. Noch in dieser Nacht. Und jetzt werden wir mal die Leute von Rio Paso lebendig machen. Sie sollen sich um die Toten kümmern. Ob wir heute Gäste bekommen werden? Es ist schon fast Nacht. Und noch niemand kam, um hier bei uns einige Sünden zu begehen. Was für ein Land ist das?

Es kamen doch noch einige Gäste in den Saloon, Reiter aus verborgenen Camps oder aus einsamen Siedlungen.

Man schaffte die Toten fort, wusch das Blut weg.

Die sechs Putas stellen sich ein, dann kommen auch die Musiker. Es ist heute weniger Betrieb, aber zuletzt sind zwei Stunden vor Mitternacht mehr als zwei Dutzend Gäste im Rio Paso Saloon.

Dann kommt auch die Mitternachtspostkutsche und lädt neun Fahrgäste aus.

Es ist also wieder ein wenig Betrieb im Rio Paso Saloon.

In Lindas Zimmer brennt die Lampe, und sie macht sich fertig für ihren Auftritt, um für die Gäste zur Gitarre zu singen. Als Lance Bronson eintritt, hat sie ihre Röcke hochgerafft und ist dabei, sich Strümpfe anzuziehen.

»Ich reite jetzt«, sagt er zu ihr. »Ich habe mir ein unverdächtiges Pferd besorgt von einem der Einwohner. Und wir haben eine sensible Stute von den Beutepferden ausgesucht, die mich gewiß zu ihrem Heimatstall oder -corral führen wird, wenn ich sie laufen lasse.«

»Gut«, sagt Linda knapp und streicht ihre Strümpfe glatt. »Dann paß gut auf dich auf. Und wenn du diese Ramona findest, dreh ihr den Hals um. Sonst müssen wir hier immer wieder mit ihren Abgesandten kämpfen. Macht dir das Spaß? Ich würde ihr gerne selbst den Hals zudrehen, diesem gierigen Miststück.«

Sie ist nun fertig und richtet sich auf. Immer wieder stellte sie ihre Füße abwechselnd auf einen Stuhlsitz.

Nun sieht sie Bronson fest an im Lampenschein.

»Sonst noch etwas?« So fragt sie.

»Vielleicht komme ich nicht mehr wieder«, sagt er, »und vielleicht gibst du mir noch eine schöne Erinnerung mit auf den Weg, Linda. Ich würde gerne herausfinden, ob du wirklich in deinem Kern so kühl bist oder ich nicht doch ein verborgenes Feuer in dir zum Lodern bringen könnte.«

Er deutet auf das Bett in der Ecke. Der Vorhang davor ist nur halb zugezogen.

»Schenke mir eine Stunde, Linda«, sagt er.

Aber sie schüttelt den Kopf.

»Keinem von euch«, erwidert sie. »Überhaupt keinem Mann von eurer Sorte. Wenn wir durch das Gold reich geworden sind, reise ich nach Europa und angle mir einen Grafen. Lance, wir sind nur Partner.«

Er betrachtet sie noch einige Atemzüge lang ernst. Dann wendet er sich wortlos und verschwindet.

Wenig später schwingt er sich in den Sattel.

Stonebreaker und Lonnegan kamen mit hinaus. Sie jagten ein Pferd davon. Noch ist es in der hellen Nacht zu sehen. Auch der Hufschlag ist zu hören.

Die rote Stute trabt nach Süden.

»Na dann . . .«, sagt Bronson vom Sattel nieder und reitet an.

»Viel Glück«, murmeln sie ihm hinterher, aber er kann es gewiß nicht hören.

Drinnen im Saloon singt nun Lindas Stimme zum Klang der Gitarre.

Lonnegan sagt:

»Wie bringt sie es nur fertig, mit solch einer Zauberstimme zu singen und alle zu verzaubern, wo sie in ihrem Kern doch so kalt und hart ist? Vor wenigen Stunden hat sie noch um ihr Leben gekämpft und getötet. Und jetzt singt sie für unsere Gäste. Was ist sie für ein Wesen?«

»Frauen«, erwidert Stonebreaker, »sind schwer zu begreifende Wesen – und manche sind zu jeder Überraschung – im Guten oder im Bösen – fähig. Ich hatte eine Menge Frauen, als ich noch der große Champ of Mississippi war und jeden meiner Gegner zertrümmerte. Ich lernte sie kennen, all diese schönen begehrenswerten Geschöpfe. Und jetzt weiß ich, daß sie nur gut dazu sind, um mit ihnen ins Bett zu gehen – sonst zu nichts.«

»Du hast nur eine Sorte kennengelernt«, widerspricht ihm Lonnegan. »Du bist deshalb verbittert. Doch du lerntest nur eine Sorte kennen, nämlich jene, die von einem starken Mann in die Arme genommen werden möchte, einem Gladiatoren, dem sie Liebe geben will, weil er schon beim nächsten Kampf für immer besiegt werden könnte. Es gibt viele Sorten von Frauen, glaube es mir, sehr viele. Und eine Sorte ist dabei, die ist wie ein Licht in dunkler Nacht – oder wie ein echter Edelstein unter Glasperlen, wie ein reiner Bach in . . . Aaaah, ich finde keine Worte, kann es nicht besser beschreiben. Glaube mir, es gibt diese Sorte.«

»Sie muß sehr selten sein«, murrt Mike Stonebreaker.

Sie verharren noch einige Atemzüge lang vor dem Eingang, lauschen auf den verklingenden Hufschlag.

»Ob er diese Ramona finden wird?« fragt Stonebreaker schließlich. »Sie soll sehr schön sein, wunderschön sogar. Roberto, der Klavierspieler, sagte es mir.«

»Er wird sie finden«, erwidert Lonnegan, »und sie wird nicht mehr viele Beschützer bei sich haben. Zweimal sandte sie welche her, und alle starben sie hier. Vielleicht ist sie dort, wo Bronson sie findet, ganz allein. Ja, das könnte sein, nicht wahr?«

Die Nacht bleibt hell. Lance Bronson reitet Meile um Meile und folgt der roten Stute, welche ständig südwärts durch das unübersichtliche Land trabt, so als würde sie den Heimweg ganz genau kennen.

Manchmal hält das Tier an, zupft da und dort ein wenig Gras. In einem flachen Creek verharrt es länger und witterte nach allen Seiten.

Mond und Sterne leuchten, machen die Nacht fast taghell. Nur die aufragenden Dinge werfen Schatten im sonst bleichen Mondlicht.

Lance Bronson verharrt stets geduldig in einiger Entfernung. Er weiß, daß die von Stonebreaker und Lonnegan davongejagte Stute sich jetzt verdammt einsam fühlt und sich instinktiv fürchtet. Sie ist zu sehr daran gewöhnt, daß man für sie sorgt, sich um sie kümmert, daß sie geritten wird und es irgendwo einen festen Platz gibt für sie – eine Ranch zum Beispiel, einen kleinen Ort, einen Corral und auch Futter.

Dorthin will sie zurück. Und so setzt sie ihren Weg fort.

Die Nacht vergeht.

Als es dann Tag wird, folgt er der roten Stute abermals durch grüne Hügel.

Und als dann das Tal vor ihm sich öffnet, erkennt er den kleinen Ort inmitten des Tals unter alten Bäumen. Es sind nur wenige Adobehäuser und -hütten, die sich um eine kleine Kirche drängen, so als suchten sie Schutz im Schatten dieses kleinen Glockenturms.

Rings um den kleinen Ort gibt es Felder und Äcker. Noch ist es zu früh, um dort die Menschen des kleinen Ortes arbeiten zu sehen.

Doch gewiß werden sie bald hinausziehen, um ihr Tagewerk zu verrichten.

Lance Bronson sieht die rote Stute in diesem kleinen Ort verschwinden. Die alten Bäume versperren ihm die Sicht.

Aber er muß ja nicht mehr sehen, wo die rote Stute verharrt, wo also ihr Stall oder ihr Corral steht. Er ist sicher, daß er den Ort gefunden hat, wo diese Ramona zu finden ist. Von dort war sie – wenn man Joshua Caines Worten glauben kann – für zweihundert Dollar an Caine verkauft worden – oder hatte sich dafür verkauft. Doch dann, als sie herausgefunden hatte, was Joshua Caine in den Kellergewölben trieb, hatte sie ihm ihr Messer in den Magen gestoßen und war mit Caines ganzem Geld zurück in dieses kleine Dorf geflüchtet.

Dann kamen zweimal je fünf Pistoleros und starben in Rio Paso.

Und jetzt?

Lance Bronson verspürt eine grimmige Neugier.

Er reitet vorwärts, genau auf den kleinen Ort zu.

Nein, er macht sich keine besonders große Sorgen, weiß zu gut, daß dort nicht mehr viele Revolverschwinger, Pistoleros und Banditen sein können.

Je näher er kommt, um so besser kann er erkennen, daß es ein armseliger Ort ist, sehr viel kleiner und armseliger noch als Rio Paso. Die Leute hier sind wahrscheinlich mexikanischer Abstammung, sozusagen Überbleibsel aus jener Zeit, da dieses Land noch zu Mexiko gehörte.

Als er zwischen die Häuser und Hütten reitet, wollen da und dort Leute hinaus auf die Äcker und Felder mit Eseln, zweirädrigen Wagen, aber auch zu Fuß mit ihren Arbeitsgeräten.

Offenbar steht die Maisernte bevor.

Sie alle halten inne und betrachten den fremden Reiter stumm und mit einer Mischung von Mißtrauen, Furcht – und Demut. Ja, es ist Demut, etwa die gleiche Unterwürfigkeit, die immer schon das niedrige Volk gegenüber den Rittern zeigte, welche hoch im Sattel und gut bewaffnet geritten kamen.

Lance Bronson entdeckt nun die armselige Bodega oder Fonda. Auf den Hügeln in der Umgebung wächst ja auch Wein, der wahrscheinlich in der Bodega gelagert und in der Fonda ausgeschenkt wird.

Aber es sind sehr armselige und schon recht verfallen wirkende Adobebauten. Auch die Schrift über den Eingängen ist fast völlig verblichen, kaum noch lesbar.

Aber er entziffert die Worte ›Santa Ana‹.

Offenbar trägt dieses armselige Nest immer noch den

Namen des einstigen mexikanischen Diktators Santa Ana, der damals mit siebentausend Soldaten die alte und zum Fort umgewandelte Mission Alamo angriff.

Lance Bronson gleitet vom Pferd, und bei aller zur Schau getragenen Lässigkeit gleicht er einem sprungbereiten und zu unwahrscheinlich schnellen Reflexen fähigen Tiger, der in ein fremdes Revier eingedrungen ist.

Er wirft die Zügelenden um den schon recht morschen Haltebalken.

Als er sich zum Eingang wendet, da taucht dort in der offenen Tür ein Mädchen auf. Oder ist es schon eine Frau?

Er weiß es nicht.

Doch er staunt sie an.

Heiliger Rauch, denkt er, dies muß jene Ramona sein. Und sie ist wahrhaftig so schön wie keine andere, die ich jemals sah. O Himmel oder Hölle, so eine wie sie muß damals den guten Adam verführt haben. Nur solch einer konnte er nicht widerstehen. Und dann wurden sie aus dem Paradies geworfen.

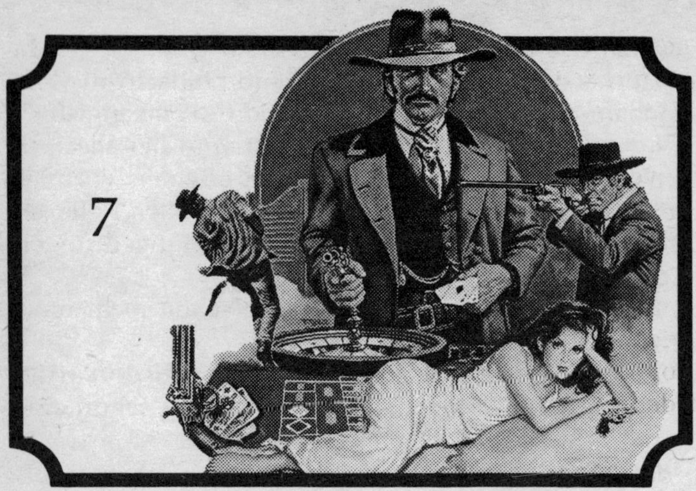

7

Sie verharren einige Sekunden bewegungslos und sehen sich an. Dabei spüren sie beide gegenseitig starke Strömungen, die sie fast körperlich zu treffen scheinen.

Ihr Gesicht ist von einer starken, eindringlichen Schönheit, hinter der er eine Wildheit ahnen kann, die zu großen Leidenschaften fähig ist. Ihre dunklen Augen funkeln herausfordernd.

Und als sie zu sprechen beginnt, da erregt ihn der katzenhaft schnurrende Klang in ihrer Stimme.

»Ay, Gringo«, sagt sie, »was führt dich hierher nach Santa Ana? Kommst du am Ende vielleicht aus Rio Paso?«

Er beginnt zu grinsen, zeigt zwischen seinen harten Lippen blinkend seine Zahnreihen unter dem dunklen Sichelbart. Und seine leuchtend blauen Augen, die zu seinem sonst so indianerhaften Aussehen einen seltsamen Kontrast bilden, funkeln vergnügt. Denn es gefällt ihm, daß sie direkte Fragen stellt und nicht lange herumtändelt. Er weiß auch, daß sie brennend gern erfahren möchte, was inzwischen in Rio Paso geschah. Denn wenn sie es war, die nun zum zweiten Male fünf Revolverschwinger und Pistoleros nach Rio Paso schickte, dann wird sie ungeduldig auf Nachricht warten, hoffend und bangend zugleich.

Lance Bronson sieht sich um.

Aber nichts in der Runde deutet auf eine Gefahr hin. Die Einwohner dieses alten Dorfes gehen da und dort vorbei und streben hinaus zu ihren Äckern, Feldern oder Weinbergen.

Es scheint sich niemand hier um den Fremden und die schöne Ramona zu kümmern.

Er begreift es schnell, spürt es auch instinktiv. Nein, es lauert hier keine Gefahr.

Aber vielleicht ist diese Ramona eine größere Gefahr als es lauernde Revolverschwinger und Pistoleros sein könnten.

Er denkt an diese Möglichkeit.

Und so erwidert er ruhig:

»Si, schöne Ramona, ich komme aus Rio Paso. Sonst wird niemand von dort kommen – keiner von den Pistoleros. Hast du sie gesandt?«

Nun lächelt sie – und ihre so vollen, lebendigen und ausdrucksvollen Lippen lassen ihren Mund hungrig und leidenschaftlich wirken. Ihre Zahnreihen sind makellos, so wie alles äußerlich an ihr.

Sie sagt lächelnd:

»Komm herein, Gringo. Ich werde dir einen guten Wein einschenken. Hast du schon gegessen an diesem frühen Morgen? Du kannst alles bei mir haben – alles, und noch eine Menge mehr, wenn du nur gut zahlst. Komm nur herein.«

Sie wendet sich so schwungvoll ab, daß die Röcke um ihre Beine wirbeln und die schlanken Fesseln bis hinauf zu den Waden freigeben. Nein, mehr zeigt sie nicht, aber Lance Bronson kann alles ahnen.

Verdammt, denkt er, die will ich haben. Linda McNally hätte mich gewissermaßen immun machen können gegen diese Katze hier. Verdammt, jetzt kann ich begreifen, daß sie zweimal je fünf Mann nach Rio Paso schicken konnte, sozusagen als ihre Ritter, und daß diese zehn Mann bereit waren für sie zu sterben. Ich will sie haben. Und ich weiß, ich kann sie bekommen, wenn ich ihr nur genug verspreche.

Er folgt ihr hinein, aber es ist mehr ein vorsichtiges Hineingleiten in den halbdunklen Raum des Gasthauses. Die Kolben seiner beiden Colts, deren Holster an den Oberschenkeln festgebunden sind, stehen etwas nach außen. Seine Fingerspitzen berühren ständig leicht vibrierend diese Kolben, so als wollten sie sich fortwährend von deren Vorhandensein und dem richtigen Sitz überzeugen.

Aber es lauert keine Gefahr im Raum.

Es gibt einen Schanktisch und ein halbes Dutzend Tische mit Bänken für Gäste.

Hinter dem Schanktisch hockt ein alter Mann, dessen Haar fast weiß und dessen Gesicht verwittert ist – und der dennoch sehr stolz und wie einer jener spanischen Hidalgos aussieht, welche damals für die Krone Spaniens dieses Land eroberten.

Ramona steht am Ende des Schanktisches.

»Dies ist Don Philippe«, spricht sie mit ihrer katzenhaft schnurrenden Stimme. »Er ist der Alcalde von Santa Ana und Besitzer dieser Fonda. Er ist mein Onkel. Und wer bist du, Gringo, damit ich dich ihm vorstellen kann?«

Lance Bronson sieht, daß der Mann hinter der Bar hinter sich an der Wand zwei Krücken lehnen hat. Dennoch wirkt er nicht hilflos, sondern eher wie ein alter Falke, der in seinem Horst hockt.

»In bin Bronson«, sagt er, »Lance Bronson. Aus El Paso oder auch San Antonio. In beiden Orten kennt man mich als Buscadero. Ich habe einige von euren Lobos getötet, die nach Rio Paso kamen. Und eigentlich kam ich herum euch zu töten, damit ihr nicht noch weitere Pistoleros zu uns schicken könnt.«

Er sieht den Mann hinter der Bar an.

»Señor, sind Sie der Padre, der hinter dieser schönen Mandelblüte steht, die so gefährlich ist wie eine schwarze Viper, deren Ende nicht rasselt wie das einer Klapperschlange?«

»Ich bin nur der Tio, der Onkel, nicht der Padre«, erwidert der Alcalde. »Und außerdem nur ein alter Mann und ein fast hilfloser Krüppel. Aber wenn Sie gekommen sind, um uns zu töten – nur zu, was mich betrifft. Doch könnten Sie Ramona töten, diese Schönheit, an der selbst Odysseus nicht vorbeigekommen wäre, wie zum Beispiel an den lockenden Sirenen. Oder kennen Sie sich da nicht so aus, Señor?«

»Schon«, grinst Lance Bronson und geht zu einem Tisch in der Ecke des Raumes. Dort läßt er sich mit dem Rücken zur Wand nieder und wendet sich an Ramona.

»Wo bleibt der versprochene Wein – und wo bleibt das Frühstück, meine schöne Mandelblüte? Vielleicht sollten wir uns doch näher kennenlernen, nicht wahr?«

Sie nähert sich ihm, tritt an seinen Tisch, stemmt ihre Hände darauf und beugt sich hinüber zu ihm, so daß er tief in ihren Ausschnitt blicken kann.

Und was bei einem Saloonflittchen primitiv und vulgär gewirkt hätte, hat bei ihr eine andere Wirkung.

Zwar ist es ein berechnendes Sichanbieten, doch es ist dabei auch ein stolzes Selbstgefühl in ihren funkelnden Augen zu erkennen, so als wüßte sie genau, welche Macht sie auf alle Männer besitzt, und als wäre sie stolz darauf.

Und so wirkt ihr Anbieten wie ein Zauber oder eine Droge, die süchtig macht.

O ja, sie ist sich ihres Wertes und ihrer Wirkung voll bewußt und nutzt dies zu einem Spiel, so als hätte sie einen Royal Flush in ihren Händen.

»Zehn Hombres ritten für mich nach Rio Paso«, flüstert sie. »Doch vielleicht genügt schon einer. Buscadero, willst du dich auf meine Seite schlagen, wenn du dafür das Paradies auf Erden bekommst?«

Es ist nun ein offenes Angebot, und abermals wäre es primitiv, wenn sie nicht so wunderschön wäre, wenn nicht dieses Feuer in ihren Augen brennen würde und wenn ihre Ausstrahlung ihn nicht so träfe wie jetzt in dieser Minute.

Ja, sie ist eine Zauberin.

Und er weiß, daß er sie haben kann, weil sie ihn kaufen will mit allem, was sie hat.

Er versucht kühl zu bleiben, doch wahrscheinlich erkennt sie dennoch in seinen Augen, daß er nun immerzu an sie denken muß – und selbst wenn er auf der Stelle fortritte, würde er sie nicht mehr vergessen können.

»Bring mir den Wein und bereite mir ein Frühstück«, verlangt er, so als müßte er ihr zeigen, daß er sich immer noch unter Kontrolle hat und sie noch längst keine Macht über ihn besitzt.

Und überhaupt, was bildet sie sich ein?

Er ist ein harter und erfahrener Mann. Noch nie verfiel er dem Zauber einer Frau so sehr, daß sie ihn zu beherrschen vermochte. O ja, er besaß jede Frau, nach der es ihn verlangte. Er bekam sie alle auf irgendeine Weise. Doch jetzt spielt er mit dem Feuer.

Und so denkt er: Sie ist eine verdammte Hexe. Ich könnte ihr verfallen. Verdammt, was für einen Zauber benutzt sie noch außer ihren Reizen? Warum hat sich Linda nicht mit mir eingelassen? Auch Linda ist wunderschön. Sie hätte mich sehr viel standfester gemacht in diesem Spiel.

Er hört Ramonas Lachen. Sie richtet sich kerzengerade auf. Unter ihrem Kleid kann er all ihre weiblichen Vorzüge ahnen – und das regt seine Vorstellungskraft noch mehr an. Viel mehr noch, als wenn sie nackt vor ihm stünde.

Sie entfernt sich lachend, verschwindet durch einen Perlenschnurvorhang in der Küche.

Der Mann hinter der Bar, den sie Don Philippe nannte, lacht leise.

»So ist sie«, sagt er. »Eines Tages wird sie zu den ganz großen und berühmten Edelputas der Weltgeschichte gehören. Denn ich habe sie gewissermaßen gezüchtet, lange Jahre gehegt und gepflegt, ihr eine Menge beigebracht. Vielleicht sind Sie der Mann, den sie an ihrer Seite nötig haben wird, wenn ich Krüppel ihr nicht mehr helfen kann auf ihrem Wege nach oben. Sie wird einen klugen Beschützer nötig haben.«

Er verstummt nach diesen Worten.

Aber auch Lance Bronson schweigt.

Er weiß, daß er in aller Ruhe abwarten kann. Sie brauchen ihn. Er wäre ihre Chance. Sie müssen ihn auf ihre Seite bekommen. Er gab ihnen ja zu verstehen, daß er eigentlich hergekommen ist, um sie zu töten.

Sie müssen ihm also alles anbieten, was sie nur anbieten können.

Und dann werden sie immer noch nicht sicher sein, ob er nicht nur nehmen wird, ohne selbst etwas zu geben. Denn er ist gewiß ein zweibeiniger Wolf. Und Wölfe kennen keine Gnade beim Jagen nach Beute.

Ramona erscheint nun aus der Küche mit einem Krug Wein und einem Glas.

»Es ist unser bester Wein«, spricht sie. »Der ist im Blut wie Feuer und verspricht heiße Nächte.«

Sie schenkt ihm ein und geht wieder.

Don Philippe hinter dem Schanktisch lacht erneut leise.

Dann fragt er geradezu:

»Ist das Gold unter der Kirche von Rio Paso?«

»Und wenn?« So fragt Bronson kühl zurück. »Und überhaupt, Señor, wie kommt es, daß Sie davon wissen?«

»Ramona fand es heraus«, erwidert Don Philippe. »Ich verkaufte sie für zweihundert Dollar an diesen Gringo Caine nach Rio Paso. Sie sollte lernen, wie man sich einen Mann gefügig macht. Und sie wollte eines Tages mit seinem ganzen Geld verschwinden, das unser Startkapital werden sollte. Denn wir wollten dann zum Mississippi, wo die Luxusschiffe fahren. Sie wäre dann als echte Hidalga aufgetreten, die ihren Onkel betreute. Und alle Männer hätten sich in sie verliebt. Sie hätte nur klug wählen müssen, um bald eine reiche Witwe zu sein. Dieser Caine in Rio Paso sollte nur das Probestück werden. Aber dann fand sie heraus, daß er still und heimlich eine Goldader ausbeuten wollte.«

»Es ist verrückt, einfach verrückt und kaum zu glauben«, murmelt Bronson.

»Das mag so den Anschein haben«, erwidert Don Philippe. »Doch das ganze Leben ist für so manchen

Menschen verrückt. Das Schicksal erlaubt sich mit uns Menschen oftmals gute oder böse Späße. Sehen Sie mich an, Señor. Ich war einst ein sehr erfolgreicher Torero drüben vor dem Krieg in Mexiko. Ich war ein stolzer Volksheld, dem sie alle zu Füßen lagen, der bewundert und angebetet wurde, und selbst die Mächtigen buhlten um meine Freundschaft. Sie schmückten sich damit wie mit stolzen Titeln oder Orden. Sie nannten mich in ganz Mexiko Don Philippe. Doch dann zertrümmerte ein Toro mein linkes Hüftgelenk, machte mich zum Krüppel. Und sofort war es, als fiele ich in bodenlose Tiefen. Keine Freunde und Bewunderer mehr, niemand mehr, der sich mit mir aufwerten und schmücken wollte. Und weil ich stets wie ein reicher Hidalgo gelebt hatte, besaß ich kaum Ersparnisse. Ich war plötzlich ein armer Hund und erinnerte mich an dieses armselige Dorf hier, in dem meine Schwester lebte mit meinem Patenkind. Ich kam hierher und erkannte schnell die Schönheit dieses damals noch kleinen Mädchens. Und so begann ich, mich um sie zu kümmern. Ja, ich brachte ihr alles bei, was ein Mädchen lernen und wissen muß, wenn es sich ein Stück von dieser Welt erobern will. Es gab in der Weltgeschichte schon viele Kurtisanen – also Halbweltdamen –, die wie Königinnen regieren konnten, weil sie die Mächtigen beherrschten. Dies ist mit Ramona mein Ziel. Aber wir brauchten ein Startkapital. Deshalb schickte ich Ramona zu diesem Joshua Caine. Und dann ergab sich plötzlich die riesengroße Chance.«

Er schweigt einen Moment, dann fährt er mit eindringlicher Stimme fort: »Bronson, helfen Sie uns. Wenn wir die Goldader für uns ausbeuten, dann erobern wir uns ein großes Stück von dieser Welt. Das Gold und Ramonas Schönheit werden uns mächtig machen. Doch Ramona braucht einen Beschützer, einen Mann, der als ihr Bruder auftritt. Denken Sie nach, Amigo. Was hätten Sie davon, wenn sie uns töten? Nur einen Anteil am Gold der Ader. Aber für uns würde all dieses Gold nur ein Sprungbrett sein, ein Investitionskapital. Denken Sie nach, Amigo.«

Als er verstummt, kommt Ramona aus der Küche. Auf einem Tablett trägt sie das Frühstück für Lance Bronson.

Sie bedient ihn lächelnd und setzt sich dann zu ihm an den Tisch.

»Wir sollten uns besser kennenlernen, Gringo«, sagt sie lächelnd, und immer dann, wenn sie das Wort ›Gringo‹ spricht, da klingt es irgendwie herausfordernd.

Gringo, dies bedeutet ja soviel wie Ausländer oder Nichtspanier bzw. Nichtmexikaner. Aber wie sie es spricht, klingt es wie eine Herausforderung, wie ein Locken, nicht länger ein Fremder zu sein ihr gegenüber.

Ihre Ausstrahlung trifft ihn fortwährend, indes er zu essen beginnt.

Er denkt: Oha, du kleine Hexe, du willst in mich kriechen wie ein Gift, wie eine Droge. Ich soll dir verfallen. Aber du überschätzt dich gewaltig. Für mich bist du nur eine kleine Puta, die ich für eine gewisse Zeit haben will, so wie ich schon viele Frauen hatte. Es wird Spaß machen mit dir.

Aus diesen Gedanken heraus sagt er nach einer Weile:

»Ja, Ramona wir sollten uns wirklich besser kennenlernen. Vielleicht werden wir sehr viel Spaß haben miteinander – und vielleicht stelle ich dabei fest, daß du wirklich das Zeug hast, eine der ganz großen Kurtisanen dieser Erde zu werden. Doch da wirst du noch lange Wege gehen müssen, Ramona. Wie ist denn dein voller Name?«

»Ramona Gonzales«, erwidert sie. »Aber ich werde mich bald Condesa de Coronado nennen, wenn wir das Gold von Rio Paso haben und ich als reiche Erbin einer spanischen Hidalgo-Familie auftreten kann, als eine edle Hidalga. Hilf mir, Gringo. Ich biete dir mehr als deine Compadres und jene Puta, die bei euch ist. Oder ist sie schöner als ich?«

Er denkt über diese Frage nach.

Und er erinnert sich wieder daran, daß Linda ihn abwies.

Sie hätte ihn ›kaufen‹ können, hätte sie sich ihm zum Abschied eine Stunde lang geschenkt. Doch sie wies ihn ab.

Und diese Ramona kann er haben.

Das Gold aber . . . Nun, was mit dem Gold geschehen wird, dies ist noch längst nicht vorauszusehen, geschweige denn entschieden.

»Bleib eine Weile bei uns«, verlangt Ramona. »Und wenn du wieder nach Rio Paso reitest, dann für uns und unsere Zukunftspläne.«

Er kaut und nickt.

»Ja, ich werde ein paar Tage und Nächte bleiben.« Er lächelt. In seinen Augen funkelt es wie in den Augen eines Wolfes, der sein gejagtes Wild in der Falle hat und nicht mehr entkommen lassen wird.

Ja, er verspürt eine Menge Spaß an diesem Spiel, von dem er längst noch nicht wissen kann, wie es ausgehen wird.

Don Philippe aber hockt hinter dem Schanktisch und beobachtet alles. Seine Augen funkeln ebenfalls. Denn er glaubt, eine Sorge weniger zu haben.

Er konnte Ramona zwar viel beibringen an Schulbildung, Wissen über diese Welt, die Menschen – und auch über Männer.

Aber er ist ein Krüppel. Sie brauchte einen Beschützer.

Dieser Revolvermann Lance Bronson kam ihnen wie gerufen. Und er muß ein wirklich großer und unüberwindlicher Kämpfer sein. Denn in Rio Paso starben insgesamt zehn Revolverschwinger, Pistoleros und Banditen – zehn!

8

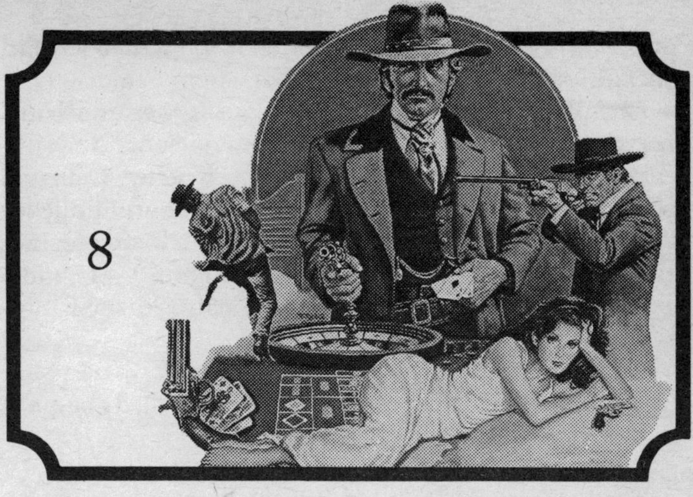

Die Tage vergehen – und auch die Nächte, und jede Nacht wird für Lance Bronson eine Nacht im Paradies. Er hätte es niemals für möglich gehalten, daß ein weibliches Wesen ihn so verzaubern könnte, so sehr Macht über ihn gewinnen würde wie diese Ramona.

Ja, vielleicht wurde sie wirklich dazu geboren, eines Tages eine der ganz großen Kurtisanen zu werden.

Ramona ist wie eine süße Droge, von der man süchtig wird und immer mehr haben will. Der harte und eigentlich eiskalte Revolvermann, dem das Töten nichts ausmacht, solange er seine Gegner im fairen Kampf besiegen kann, wehrt sich gegen dieses süße Gift, das Ramona mit ihren Zärtlichkeiten und ihrem leidenschaftlichen Anbieten in ihn strömen läßt.

Aber irgendwann wird ihm klar, daß er diesem Mädchen, das ja erst an der Schwelle zur Frau steht, ganz und gar verfallen wird, wenn er sich nicht davonmacht, um wieder zu sich selbst zu finden und nicht jeden Tag auf die Nächte zu warten, in denen sie in beglückt.

Tagsüber reiten sie manchmal aus. Oder er schlendert durch das Dorf. Die Einwohner von Santa Ana sind einfache Bauern. Sie grüßen ihn unterwürfig. Denn sie wissen längst, daß er ein großer und unüberwindlicher Pistolero ist, ein Buscadero, wie man die Pistoleros mit zwei Revolvern nennt.

Es ist am fünften Tag, als er seine schreckliche Fähigkeit unter Beweis stellen muß.

Als er nach dem Frühstück hinter der Fonda sein Pferd aus dem Corral holt und aufsitzen will, da begreift er plötzlich, daß er eingekeilt ist.

Es sind drei Mann.

Zwei tauchten an den hinteren Hausecken des Haupthauses auf, der dritte kam hinter einem abgestellten Wagen hervor.

Ja, sie haben ihn zwischen sich, und wie er sich auch wenden wird, er wird stets zwei vor sich und einen hinter sich haben – oder auch umgekehrt.

Er verharrt dicht neben dem Tier.

Dem Burschen hinter sich beim Wagen schenkt er vorerst keine Beachtung mehr. Er sieht zu den beiden anderen hin, die rechts und links des Haupthauses auftauchten.

Es sind alle drei keine Mexikaner, sondern rotblonde Burschen. Sie wirken wild und verwegen, und ganz gewiß sind sie Revolverschwinger, wenn nicht gar Banditen.

Einer fragt mit einem bösen Kichern in der Kehle:

»He, du weißt sicher nicht, wer wir sind?«

»Nein, das weiß ich wirklich nicht«, erwidert er. »Doch was macht das schon aus, Jungs? Was sind schon Namen?«

»Richtig«, erwidert der Bursche, der an der rechten Hinterecke des Gebäudes verharrt, so als wollte er sich die Möglichkeit erhalten, schnell wieder in Deckung springen zu können.

»Aber wir wissen, wer du bist«, spricht er weiter. »Wir waren leider in El Paso, als unser Bruder mit einigen anderen Jungs nach Rio Paso ritt und dort getötet wurde. Wir hörten, daß der große Revolvermann Lance Bronson aus Laredo daran beteiligt war. Weißt du, wir sind die Carradine-Brüder und wir mögen es nicht, wenn man einen von uns zur Hölle schickt. Los!«

Das letzte Wort ist nichts anderes als ein Kommando für die beiden anderen Brüder. Sie alle brüllen noch einmal auf, indes sie nach den Revolvern schnappen.

Und weil das alles nicht mehr aufzuhalten ist, bricht nun die Hölle auf.

Die unsichtbare Wolke des Unheils und der bevorstehenden Gewalttat bricht wie ein Ungewitter nieder – und die krachenden Revolver sind wie der Donnerschlag und die Blitze solch eines Ungewitters.

Nichts mehr ist aufzuhalten.

Lance Bronson kämpft wie immer, nämlich erbarmungslos und ohne Gnade, denn er will überleben gegen eine dreifache Übermacht. Er schießt unwahrscheinlich schnell mit seinen beiden Revolvern – und er trifft. Man sieht ihm nicht an in diesen so schwarzen Sekunden, daß auch er getroffen wird. Auch das Pferd neben ihm wird getroffen und geht zu Boden.

Und dann ist es plötzlich vorbei. Es herrscht mit einem Mal eine unwirkliche Stille. Dann beginnen die Hunde des Dorfes zu kläffen.

Und Ramona kommt aus der Hintertür in den Hof gelaufen und ruft wild:

»Lance! Lance Bronson!«

»Hier, ich stehe noch auf den Beinen«, erwidert er.

Sie sieht ihn mit den noch rauchenden Colts in den Fäusten neben dem toten Pferd stehen.

Dann sieht sie die drei Gestalten am Boden – zwei rechts und links von sich an den Ecken des Gebäudes – den dritten drüben neben dem Vorderrad des abgestellten Wagens.

Es wurden viele Schüsse abgegeben. Selbst hier im Freien beißt der Pulverrauch Ramona in die Nase.

»Caramba, das sind ja die Carradine-Brüder!« So ruft sie.

»Das waren sie«, erwidert Lance Bronson mit kalter Härte, »das waren sie, mein schöner Engel. Und wenn sie allein gekommen sein sollten, dann kannst du jetzt meine Wunden versorgen.«

Er bewegt sich hinkend und leicht schwankend zur offenen Hintertür hin.

Doch als Ramona ihn stützen oder gar führen will, da wehrt er ab und knurrt heiser:

»Das schaffe ich noch allein! Mich schießt niemand von den Beinen – keiner! Und ich kenne den Weg zu deinem Bett gut genug, nicht wahr?«

Sie folgt ihm ins Haus.

Drinnen ruft ihr Onkel Don Philippe aus der Gaststube:

»Ramona, mein Augenstern, was ist geschehen?«

Und auf seine Krücken gestützt, taucht er im Gang auf, der von der Hintertür zum Gastraum und auch zur Treppe nach oben führt.

»Er hat die Carradine-Brüder getötet«, ruft Ramona ihrem Onkel zu. »Und ich muß jetzt oben sehen, welche Wunden er bekommen hat. Aber mache dir keine Sorgen, Tio! Du siehst, er kann die Treppe nach oben ganz allein gehen!«

Und wieder vergehen Tage und Nächte. Bronson wurde dreimal verwundet, am Oberschenkel, über einer Rippe und an der Schulter.

Es sind keine lebensgefährlichen Wunden, zumal sie sofort gut versorgt wurden von einer alten Frau, die Ramona aus dem Dorf holte. Aber er verlor doch eine Menge Blut, und er wird einige Tage liegen müssen, damit die Wunden gut verharschen und sich fest genug schließen, so daß sie nicht wieder aufbrechen und zu bluten beginnen.

Dennoch liegt Ramona in diesen Nächten neben ihm. Er spürt ihren warmen und so geschmeidigen Körper, ihre streichelnden Hände, hört ihre so betörend klingende Stimme.

Selbst als er ein wenig Wundfieber bekommt, verspürt er ständig ihre Ausstrahlung.

Und es wächst eine Sorge in ihm – ja fast schon eine Furcht –, daß er sich ihrer süßen Macht nicht mehr entziehen kann.

Und so beginnt er endlich dagegen anzukämpfen.

Denn er sagt sich: Wenn ich ihr noch mehr verfalle, dann zerrt sie mich bald an einem unsichtbaren Nasenring durch diese Welt. Verdammt, ich muß fort von hier. Sonst hat sie mich für immer.

Am fünften Tage erhebt er sich endlich und wandert wieder umher.

In der Nacht dann schenkt sie ihm wieder ihre Liebe und bereitet ihm erneut das Paradies auf Erden. Und seine Sorge verwandelt sich noch mehr in Furcht, daß er ihr Sklave werden könnte.

Ja, er genießt diese Nacht noch einmal intensiv, aber diesmal ist kein Jubel in ihm wie zuvor in den anderen Nächten in ihren Armen, in diesen wunderschönen Nächten der leidenschaftlichen Liebe.

Diesmal ist es einfach so, daß er zum Abschied noch einmal alles auskosten will.

Am anderen Morgen, als sie alle drei bei einem späten Frühstück sitzen, da sagt er kauend:

»Ich reite zurück nach Rio Paso.«

Sie sehen ihn an.

»Und was sonst noch?« Don Philippe fragt es ernst.

Er grinst ihn und Ramona an. »Ich bin hergekommen, um euch zu töten, damit ihr nicht noch mehr Banditen und Pistoleros zu uns senden könnt. Letzteres fällt euch offenbar nicht schwer, weil Ramona sie alle verzaubern und zu willigen Narren machen kann. Aber ich lasse euch am Leben.«

Nach diesen Worten geht er hinaus, um die rote Stute zu satteln, die ihn hierherführte. Sein Tier wurde ja erschossen während des Revolverkampfes. Nun nimmt er sich die rote Stute.

Als er aufsitzen will, tritt Ramona hinter ihm ins Freie.

»Du ergreifst die Flucht vor mir«, stellt sie ruhig fest. »Du hast Angst, daß du bald ohne meine Zärtlichkeiten, meinen Körper und meine Leidenschaft nicht mehr leben kannst. Nicht wahr, stolzer Gringo, du willst nicht einer Frau dienen, die dich dafür mit ihrer Zärtlichkeit belohnt. Du möchtest frei sein, weil du stolz bist. Aber ich sage dir, du wirst mich nicht mehr vergessen können. Deine Nächte werden zu einsam sein. Du wirst von mir träumen. Und immer dann, wenn ich dir in deinen Träumen erscheine, wirst du mich nackt sehen – und ich werde dir zuwinken und dir zurufen, daß du zu mir zurückkommen sollst. Denn es war doch so schön zwischen uns. Du bist für mich ein Hombre wie kein zweiter unter Zehntausend. Bleib also gleich hier. Denn du kommst gewiß zurück.«

Ihre Stimme bekam immer stärker einen beschwörenden Klang. Ja, in ihrer Kehle war immerzu ein lokkender Beiklang.

Und so gleicht er wahrhaftig einem Süchtigen oder auch Verzauberten, der entkommen will.

Er sitzt wortlos auf und reitet davon.

Sie verharrt bewegunglos und ruft ihm kein einziges Wort nach.

Hinter ihr kommt Onkel Philippe auf seinen Krücken auf den Hof. Sein linker Fuß schleift immer dann, wenn er die Beine vorwärts schwingt, durch den Staub.

Schwer atmend verharrt er neben Ramona.

Diese lächelt ihn siegessicher an.

»Er bleibt nicht lange dort«, spricht sie. »Er kommt wieder. Denn er hat mich im Blut. Er wird mein getreuer Diener sein. Ich weiß es, Onkel. Du hast mich viel gelehrt. Wir brauchen ihn gewiß für einige Jahre. Durch ihn werden wir das Gold bekommen, sobald . . .«

9

Nach der ersten Woche beginnen sie sich Sorgen in Rio Paso zu machen. Mike Stonebreaker sagt an einem Morgen, als sie beim Frühstück sitzen:

»Jetzt ist er schon sieben Tage weg. Ob wir ihn noch mal wiedersehen? Wohin mag ihn die rote Stute geführt haben – zu Ramona – oder nur zu einer Banditenbande? Verdammt, er fehlt uns bei der Arbeit im Stollen. Und was machen wir ohne seine Revolver, wenn es wieder mal . . .«

»Er wird wiederkommen«, unterbricht ihn Bud Lonnegan, der Spieler. Er sieht Linda fest an. »Du hättest ihm vielleicht ein paar Hoffnungen machen können«, murmelt er.

»Hoffnungen, was für Hoffnungen?« So fragt sie scharf zurück.

»Auf dich, Hoffnungen auf dich«, grinst Lonnegan. »Was ist, wenn ihm diese Ramona, die sehr schön sein soll, solche Hoffnungen macht? Hast du darüber schon mal nachgedacht? Dieser Lance Bronson ist eine ganze Mannschaft von Revolverschwingern wert. Der wiegt ein ganzes Rudel dieser Sorte auf. Du hättst mit ihm ins Bett gehen sollen, schöne Linda. Dann könnten wir sicher sein.«

Sie blickt ihn mit funkelnden Augen an.

»Und ihr?« So fragt sie fast brutal. »Wollt nicht auch ihr mit mir ins Bett? Lügt nicht! Ich kann es spüren und in euren Augen erkennen, wenn ihr mich anseht. Es ist immer dasselbe mit Burschen eurer Sorte.«

»Was ist falsch daran?« Lonnegan fragt es mit einem Lachen in der Kehle. »Auf diese Weise vermehrt sich die Menschheit auf unserer Erde. Und es war eine Frau, die zuerst den Mann verführte, nämlich deine Urahne Eva, nicht wahr? Seitdem warten alle Frauen, daß ein Mann . . .«

»Ich nicht!« Damit unterbricht sie ihn und verläßt den Frühstückstisch.

Lonnegan schickt ihr ein amüsiertes und spöttisches Lachen nach. Dann wendet er sich an Stonebreaker:

»Wir alle hier sind nun mal keine Heiligen, auch sie nicht. Die soll sich nicht so anstellen. Auf ihren rauhen Wegen hat sie sich schon mit vielen Männern einlassen müssen, denn sonst wäre sie längst untergegangen. Es ist geradezu eine Sünde, wenn ein so schönes Weib nichts mehr von Männern wissen will.«

Mike Stonebreaker sieht ihn eine Weile stumm unter der gesenkten Stirn hinweg an. Schließlich sagt er:

»Sie hat die Nase voll von unserer Sorte. Das ist es. Und sie hat ihren Mann in Mexiko aus einem Gefängnis geholt, um ihn dann später an einem Klapperschlangenbiß sterben zu sehen. Vielleicht fand sie heraus, daß sie Männer kein Glück bringt. Wer weiß . . .«

Er erhebt sich mit einem Ruck.

»Gehen wir an unsere Arbeit. Das Gold läßt sich verdammt schwer herausbrechen aus dem Felsgestein. Ich kann die alten Spanier gut verstehen, daß sie erst diese Mission mit der Kirche bauten, um die Goldader darunter zu verstecken. Sie hatten ja wohl auch kaum irgendwelche Transportmöglichkeiten nach Mexico City. Ich denke immer wieder darüber nach, was aus ihnen geworden ist und wie dieser Joshua Caine in den Besitz der alten Pergamentblätter gekommen sein mag.«

»Das werden wir nie herausfinden«, erwidert Lonnegan und erhebt sich. Dabei betrachtet er seine zerschundenen Hände

»Bald kann ich keinen einzigen Kartentrick mehr versuchen«, murrt er. »Meine Hände sind schon so zerschunden wie die eines Minenarbeiters.«

Er sieht Stonebreaker wieder an.

»Die alten Spanier, über die du dir den Kopf so zerbrichst«, beginnt er, »werden damals von den Apachen getötet worden sein. Doch zuvor sandten sie ja diesen Don Hermandes de Uvalde mit dem Bericht nach Süden. Er sollte den Goldfund melden und Hilfe holen. Das schaffte er offenbar nicht. Weiß der Teufel, wie Caine in den Besitz dieser Pergamentblätter kam. Es ist mir wurscht. Mich beschäftigt mehr die Frage, wie wir eines Tages das fast pure Gold des Aderkerns und das goldhaltige Erz von hier fortschaffen können. Wir werden drei oder vier schwere Frachtwagen benötigen mit einem halben Hundert Maultieren. Und wo ist die nächste Erzmühle mit Goldwäsche und Schmelze? Nur eines macht mich etwas ruhiger.«

»Was?« Stronebreaker fragt es schnell.

Lonnegan grinst.

»Es kamen keine Revolverschwinger und Pistoleros

mehr nach Rio Paso. Entweder findet diese Ramona keine mehr – oder Bronson hat sie gefunden und dafür gesorgt, daß wir hier fortan Ruhe haben vor ihren Versuchen, uns hier erledigen zu lassen. Gehen wir arbeiten! Es lohnt sich ja immerhin, nicht wahr?«

Er geht mit einem spöttischen Lachen voraus, aber dieser ständige Spott und sein fortwährender Sarkasmus sind nun mal seine Art. Für den Spieler Bud Lonnegan ist offenbar nichts mehr gut oder gar heilig auf dieser Welt.

Stonebreaker folgt ihm.

Und wenig später arbeiten sie wieder im engen Stollen mit Hammer und Meißel, brechen das fast pure Gold aus dem Felsgestein und schlagen auch das goldhaltige Gestein los, denn es wird sich lohnen, das Erz zu zerstampfen, zu zermahlen, das Gold herauszuwaschen und schließlich zu schmelzen und in Barren zu gießen. Ja, es wird sich lohnen.

Sie werden reich sein, ›steinreich‹, wie man so sagt.

Weitere Tage und Nächte vergehen – und von Lance Bronson kommt kein Lebenszeichen. Er kehrt nicht zurück nach Rio Paso, bleibt verschwunden.

Das Leben in Rio Paso geht weiter für die Besitzer des Rio Paso Saloons, der früher mal eine Missionskirche war.

Manchmal ist nach Anbruch der Dunkelheit viel Betrieb, besonders dann, wenn Wagenzüge durch die Pecos Furt kamen und hier dicht bei der kleinen Stadt Rast machten. Es kommen auch Wagenzüge von Siedlern, die nach Land suchen. Und ein ständiger Strom von Menschen, die in das Goldland weiter im Westen wollen, zieht hier durch.

Fast immer tauchen gegen Abend an die zwei Dutzend Reiter einzeln oder in kleinen Gruppen auf. Es sind jene schattenhaft Treibenden aus einsamen Camps, und so mancher lebt dort im Verborgenen, weil er Schatten auf seiner Fährte hat und irgendwo entkommen konnte. Sie hielten es schließlich nicht mehr aus in der Einsamkeit und kommen nun, um mal wieder andere Menschen zu sehen, das Lachen von Mädchen zu hören und sich vielleicht für eine Stunde etwas Liebe zu kaufen – oder das, was sie für Liebe halten in ihrem einsamen, armseligen Leben.

Die Musik spielt jede Nacht. Die Mädchen des Dorfes machen gute Geschäfte, besonders eine von ihnen, die mehr als zweieinhalb Zentner wiegt. Lonnegan sitzt jede Nacht an seinem Spieltisch in der Ecke.

Linda bedient das Rouletterad, singt zwischendurch zur Gitarre für die Gäste. Und Mike Stonebreaker sorgt für Ruhe und Ordnung. Doch er hat es schwer, denn so mancher Frachtfahrer und Maultiertreiber sucht in betrunkenem Zustand Streit, um sich mal so richtig auszutoben. Denn für diese zumeist primitiven Burschen gehört eine Schlägerei nun mal zum großen Vergnügen.

Die Reihenfolge ist dann etwa so: Drinks, Mädchen, Spiel – und dann als großes Finale eine Schlägerei.

An einem dieser Abende sieht es so aus, als würde es in dieser Nacht besonders schlimm werden.

Denn es kam eine große Schafherde durch den Pecos und rastet in der Nähe.

Etwa zwei Stunden vor Mitternacht kommen ein halbes Dutzend der Hirten, bärtige Burschen, die große Strohhüte auf den Köpfen und Sandalen an den nackten Füßen tragen. Und sie sind auch bewaffnet mit Revolvern und Macheten. Es sind verwegene Burschen, die mit ihrer riesigen Schafherde – es sollen mehr als achttausend dieser ständig mißtönig bähenden Tiere sein – durch das Land wandern, in dem es ja immer noch Apachen und Banditen gibt – aber auch Rinderzüchter, die den Schafzüchtern stets feindlich gesinnt sind.

Als die Schafhirten eintreten, entsteht sofort eine angespannte Stille. Es mag Zufall sein, daß die Kapelle in diesem Moment eine Pause einlegt, aber daß jede Unterhaltung verstummt, ist gewiß kein Zufall.

Wenig später sagt eine tiefe Stimme grimmig:

»Es stinkt! Leute, könnt ihr den Gestank wittern? Es stinkt plötzlich nach Schafen. Verdammt, wer hat hier die Schafscheiße in den Hosentaschen!«

Nun stoßen einige Frachtfahrer und Reiter – letztere tragen Chaps, sind also Rinderleute – Jubellaute aus. Ja, es herrscht sofort eine Feindschaft im großen Raum.

Mike Stonebreaker, der an der Wand lehnt und eine Zigarre raucht, stößt sich mit der massigen Schulter von der Wand ab und tritt ein Stück auf die Tanzfläche hinaus, kehrt der Kapelle den breiten Rücken.

Als es still wird, weil jeder begreift, daß er etwas sagen will, denn er hebt seine beiden Hände, da spricht er laut genug, so daß es jeder hören kann:

»Leute, dies hier ist ein neutraler Ort. Hier werden keine Feindschaften ausgetragen. Bleibt friedlich. Ich schmeiße jeden, der hier Stunk machen will, im hohen Bogen raus!«

Eine Weile sind sie alle still.

Die sechs Schafhirten verharren noch, doch als sie sich dann in Richtung Schanktisch in Bewegung setzen wollen, da tönt eine rauhe Stimme:

»Halt! Einen Moment noch!«

Alle Augen richten sich auf den riesigen Burschen, der seine rauhe Stimme ertönen ließ. Es handelt sich offensichtlich um einen Frachtfahrer und Maultiertreiber. Dieser Mann ist ein Ungetüm, dem man zutrauen kann, daß er ein Maultier mit einem Faustschlag auf die Stirn fällen kann.

In die Stille fragt dieser Bursche grollend:

»He, Rauswerfer, traust du dir das auch bei mir zu?«

In die Stille hört man Mike Stonebreakers Seufzen.

Dann spricht er langsam Wort für Wort:

»Mein Freund, ich will dir ein Zitat vortragen, welches einst der große Lucius Annäus Seneca, der Erzieher des Kaisers Nero, dieser Welt hinterließ. Er sagte: ›Die Lust zu schlagen, ist vielen dicken Männern eigen. Und schlagen sie, so wird ihr kleines Hirn noch kleiner als die Faust.‹ Ende des Zitats. Und nun frage ich dich, du großer Bulle, ob du das begriffen hast?«

Als er verstummt, da johlen sie wieder los. Denn die meisten sind zu betrunken, um richtig denken und begreifen zu können. Und sie alle haben gewiß noch niemals etwas vom großen Philosophen Seneca oder von Kaiser Nero gehört. Nicht wenige von ihnen können kaum ihren eigenen Namen schreiben.

Und so johlen sie, erwidern somit Mike Stonebreakers Verachtung mit Spott.

Der riesige Frachtfahrer aber ruft röhrend:

»Ja, ich habe große Lust, dich zu schlagen. Und weil meine Fäuste groß sind, kann mein Hirn gar nicht so klein sein! Ich komme mein gelehrter Freund, ich komme!«

Und er stürmt vorwärts wie ein angreifender Toro, wie einer dieser spanischen Kampfstiere also, denen die Toreros so elegant ausweichen, um sie ins Leere stürmen zu lassen.

Mike Stonebreaker weicht ebenfalls aus im allerletztem Sekundenbruchteil. Und als der zweibeinige Bulle an ihm vorbeistürmt, da hämmert er ihm die Rechte auf Ohr und Kinnwinkel. Es ist ein präziser und harter Schlag.

Der Riese stolpert zur Seite und fällt über einen Tisch, der unter ihm zusammenbricht. Doch der Mann kommt wieder hoch und greift abermals an. Nun rennt er in einen Aufwärtshaken, der ihn auf den Absätzen rückwärts laufen läßt, bis er abermals auf den Trümmern des Tisches landet.

Mike Stonebreaker aber weiß in diesem Moment, daß er verlieren wird.

Denn sein Mittelhandknochen ist wieder einmal hin. Er spürte, wie er brach, und der Schmerz jagt durch seinen Arm hinauf bis in die Schulter.

Nun kann er nur noch mit der Linken schlagen. Er weiß, wenn er mit dieser Linken ebenso fest schlägt wie soeben mit der Rechten, dann wird er auch diese Faust ruinieren und fast kampfunfähig sein.

Stonebreaker schnauft bitter. Und wieder einmal mehr fühlt er sich so einsam und allein, wie in so manchem seiner letzten Kämpfe.

Abermals wird er die Erfahrung machen müssen, daß jeder Mann mit seiner Niederlage letztlich ganz allein fertig werden muß. Er kennt es schon.

Als der Bulle nun wieder hochkommt und ihn abermals angreift, da trifft er ihn mit der Linken, die er ihm als Gerade mitten ins Gesicht stößt. Und dabei spürt er wieder jenen Schmerz des brechenden Mittelhandknochens.

Es ist wieder einmal vorbei, denkt er bitter, indes er darauf wartet, daß der Bulle wieder aufsteht und es nochmals versucht. Er weiß, diesmal wird der Bulle Glück haben. Er wird ihn nicht mehr von den Beinen schlagen können.

Doch der Riese bleibt liegen. Der Gerade mitten ins Gesicht war zu hart. Er war ja vorher schon angeschlagen. Ja, er bleibt auf dem Rücken liegen und bewegt sich nicht mehr.

Es ist still im großen Raume.

Jemand sagt schließlich heiser:

»Es war ein fairer Kampf, Jungs, nicht wahr? Dieser Rauswerfer hat unseren Big Mac besiegt mit drei Schlägen. Ich denke, wir sollten das anerkennen. Also gut, Jungens, wir werden Frieden halten, wenn die Stinker da uns nicht so sehr reizen. Habt ihr gehört?«

Seine Frage gilt den sechs Hirten.

Diese verharren noch. Sie wittern jetzt mehr nach jener anderen Sorte der anwesenden Gäste, die wie Rinderleute aussehen und Chaps tragen, Sporen klingeln lassen bei jeder Fußbewegung und ganz offensichtlich Reiter sind.

Es weht immer noch der Atem von Feindschaft durch den großen Raum.

Aber da steigt Linda wieder mit der Gitarre auf den Tisch. Und sie ruft:

»Wenn ihr euch nicht prügelt, dann singe ich! Aber wenn ihr euch prügeln wollt, dann fahrt alle zur Hölle!«

Nun lachen einige Stimmen, und die Spannung löst sich.

Ein Ruf ertönt:

»Sie soll singen, singen, singen!«

Viele andere Stimmen fallen ein.

Mike Stonebreaker sieht noch zu, wie einige Frachtfahrer ihren riesigen Gefährten auf die Beine stellen und mit ihm hinausgehen. Sie müssen ihn stützen und führen. Er blutet aus der Nase, hat zerschlagene Lippen und noch kein Gleichgewichtsgefühl.

Mike Stonebreaker seufzt bitter. Er spürt den

Schmerz in seinen Fäusten. Und er denkt: Jetzt bin ich wieder für eine Weile ein Krüppel.

Er geht in die Küche, die sich in einem der vielen Nebenräume befindet, und taucht dort beide Hände in die Wasserwanne.

In der großen Amüsierhalle klingt nun der Gesang von Linda zum Klang ihrer Gitarre. Auch die Kapelle begleitet sie manchmal und macht ihren Gesang wahrhaftig zu einem besonderen Erlebnis.

Und wieder verzaubert sie alle Männer, läßt sie ihre Feindschaft vergessen.

Mike Stonebreaker denkt bitter, indes er seine Fäuste kühlt, um ihr Anschwellen so gut wie möglich zu verhindern: Zur Hölle mit diesem Saloon, und zur Hölle mit dem Gold. Dies hier ist ein Ort der Erbarmungslosen – und diese Erbarmungslosen sind wir. Denn wir töten und kämpfen immerzu. Und ich . . .

Seine Gedanken werden unterbrochen, denn Lonnegan kommt herein.

»Was ist? Deine Mittelhandknochen?«

So fragt er und starrt auf Stonebreakers Fäuste in der Wasserwanne. Stonebreaker nimmt sie heraus und zeigt sie ihm.

»Nun muß du das Gold allein herausschlagen, Lonnegan«, sagt er bitter und grinst. »Das gefällt dir sicherlich nicht.«

»Nein«, knurrt Lonnegan, »du bist ein verdammt heruntergekommener und abgetakelter Preiskämpfer. Du taugst nichts mehr, wenn es wirklich hart auf hart kommt. Nun muß ich allein im Saloon für Ordnung sorgen. Ich werde das wahrscheinlich nur mit meinem Revolver machen können. Und so wird wohl immer wieder Blut fließen und es auch Tote geben. Verdammt! Ich werde einen unserer Helfer nach dem Alten schikken, den sie hier Doc nennen – oder Medico, wenn sie Mexikaner sind. Der wird dir gewiß helfen können. Die Quacksalber hier in diesem Land verstehen sich ja zumeist gut auf Knochenbrüche und Schußwunden. Also Kopf hoch, Partner.«

Er geht wieder.

Stonebreaker aber badet geduldig seine Hände in dem Wasser der großen Wanne und denkt in diesen Minuten wieder einmal mehr über sein Leben nach.

Verdammt, er ist ein relativ gebildeter Mann. Sein Ziehvater, der ihm zum Preiskämpfer erzog, weil er die körperlichen Vorzüge des großen Jungen damals erkannte und ihn allein gegen eine ganze Horde gleichaltriger Buben kämpfen sah, brachte ihm auch eine Menge Wissen bei, denn er war ein kluger und gebildeter Mann, der die Welt kannte. Er sagte ihm immer wieder: »Du mußt lernen, Mike. Denn wenn du eines Tages nicht mehr kämpfen kannst und genug Geld sparen konntest, dann sollst du kein ungebildeter Bursche sein.«

Indes Stonebreaker über all das noch einmal nachdenkt, hört er die Zauberstimme von Linda singen, das Klingen der Gitarre und dann wieder die Musik der Kapelle.

Und nach jedem Lied ertönt der Beifall: das Johlen, Pfeifen, Klatschen und Trampeln der Gäste, die nach mehr verlangen.

Es dauert noch eine Weile, bis sie endlich ihren Auftritt beendet.

Wenig später kommt sie in die Küche, tritt zu ihm und sieht zu ihm empor.

»Schlimm?« So fragt sie.

»Ich falle aus«, erwidert er. »Und Bronson kommt auch nicht zurück. Es sieht gar nicht gut aus, Linda. Wir sitzen mit diesem verrückten Saloon auf einer Goldader in einem Land der Geächteten und Gejagten, sind ein Haltepunkt an einem Wagenweg und bekommen fast jede Nacht wilde und harte Burschen als Gäste. Du bist nun mit Lonnegan allein. Ohne seine Hilfe wirst du dich nicht halten können. Dafür wird er dich haben wollen. Er gehört zu jener Sorte, die das ausnutzt.«

»Du nicht?«

So fragt sie herbe und angriffslustig.

Er schüttelt den Kopf.

»Nein, ich nicht«, erwidert er.

Sie sieht ihn nun an, als sähe sie ihn zum ersten Mal.

Dann lächelt sie. »Aber jeder nimmt doch stets, was er bekommen kann«, murmelt sie. »Hier in diesem Saloon und auf einer Goldader gibt es doch wohl kein Erbarmen. Aber mache dir nur keine Sorgen. Mit Lonnegan komme ich gewiß zurecht. Zeig mir mal deine Hände.«

Er tut es, und ihre Finger berühren ihn vorsichtig und sanft, tasten alles ab.

Schließlich nickt sie: »Ja, es sind wieder glatte Brüche. Aber sie werden heilen, mein Freund.«

»Und jedes Mal brechen sie leichter«, murmelt er. »Irgendwann werde ich nicht mal mehr mit meinen Händen arbeiten können! Sie sind ruiniert.«

Da lächelt sie zu ihm empor. »Wenn du erst reich bist, Mike, wirst du keine harte Arbeit mehr leisten müssen mit deinen Händen.«

Nach diesen Worten geht sie und ruft über die Schulter zurück: »Ich muß wieder singen, um diese Bande friedlich zu halten. Lonnegan schickte nach dem Medizinmann dieser Stadt.«

Mit diesen Worten verschwindet sie.

Er aber denkt jetzt über diese Frau nach.

Soeben verspürte er zwischen ihr und sich ein Einvernehmen, irgendwie eine verständnisvolle Gemeinsamkeit.

Oder bildete er sich das nur ein?

Ist sie vielleicht doch eine Frau, die nicht nur an ihren eigenen Vorteil denkt, sondern auch mit anderen mitfühlen kann?

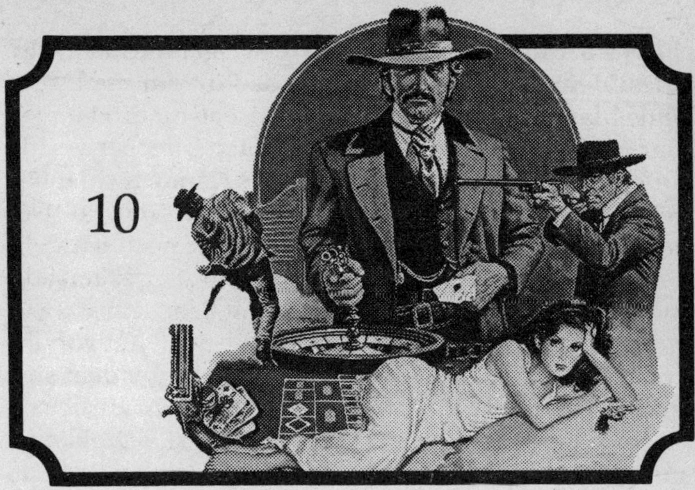

10

Es ist zwei Tage später und schon gegen Abend, als Lonnegan in Lindas Zimmer tritt, nachdem er zwar kurz anklopfte, jedoch nicht auf Antwort wartete.

Sie ist dabei, sich zurechtzumachen, denn bald muß sie ihren Platz am Roulettetisch einnehmen – und später dann wird sie wieder für die Gäste singen.

Da sie vor einem Spiegel sitzt und sich ihr rotgoldfarbenes Haar bürstet, kann sie im Spiegel hinter sich den Spieler eintreten sehen.

Und sie weiß sofort, warum Lonnegan gekommen ist.

»Raus hier!« Sie faucht es über die Schulter. »Ich habe dich nicht zum Eintritt aufgefordert. Raus hier!«

Aber er lacht nur, schließt die Tür hinter sich und lehnt sich von innen dagegen. Er verschränkt seine Arme über der Brust und behält das blinkende Grinsen unter seinem Schnurrbart bei, der dunkler ist als sein Kopfhaar.

»Weißt du, meine schöne Katze, ich glaube nicht, daß du in deinem Kern so kalt bist, daß du auf die Dauer ohne Mann leben kannst. Es ist Zeit, daß du dir darüber klar wirst, daß wir ein Paar sind. Stonebreaker wurde für eine Weile ein Krüppel, der seine Hände nicht mehr gebrauchen kann. Lance Bronson ist verschollen. Der kommt gewiß nicht wieder. Als bin nur noch ich dein getreuer Ritter und Beschützer. Ohne mich verlierst du hier. Also werden wir von nun an ein Paar sein.«

Er nähert sich ihr nun, und sein Blick gleitet von ihr zum Vorhang in der Ecke des Raumes, hinter dem sich ihr Bett befindet, und von dort wieder zu ihr zurück.

»Wir haben noch etwas Zeit.« Er grinst. »Du kannst mir noch beweisen, wieviel Feuer du in dir hast, so daß es sich für mich lohnt, dich zu beschützen.«

Er ist nun bis auf einen Schritt herangekommen. Sie aber hatte sich inzwischen erhoben und sich ihm zugewandt. Mit ihren grünen Katzenaugen funkelt sie ihn an.

»Ich wußte immer, daß du ein Kerl bist, der einen Vorteil erbarmungslos ausnutzt,« spricht sie seltsam ruhig. »Von deiner Sorte gab es mehrere Burschen auf meinen Wegen.«

»Ich bin verrückt nach dir«, sagt er. »Du bist wunderschön und gibst dich so kühl und abweisend. Aber ich wette, ich kann in dir eine Menge Feuer entfachen. Komm! Dorthin!«

Er deutet mit der einen Hand auf den Vorhang und streckt die andere Hand aus, um nach ihr zu greifen.

Sie verharrt noch starr.

Ihre Gedanken jagen sich.

Das ist es also wieder, denkt sie. Abermals bin ich einem dieser Burschen ausgeliefert, ohne die ich nicht weiterkomme. Wie oft war das schon so, und wie oft war ich am Schluß die Verliererin. Aber diesmal geht es um mehr. Dieses Mal geht es um eine Goldader. Verdammt, warum brauche ich immer wieder einen dieser hartgesottenen und erbarmungslosen Kerle als Beschützer und muß dafür bezahlen. Zur Hölle mit ihm! Die letzten vier Worte sind wie ein wilder Schrei in ihr.

Sie kann über Lonnegans linke Schulter hinweg zur Tür sehen. Diese öffnet sich nun. Stonebreakers riesige Gestalt tritt ein.

Aber dennoch wirkt er irgendwie hilflos, denn seine Hände sind auf Brettchen gebunden, also geschient. Nur seine Fingerspitzen sind frei.

Lonnegan wendet sich nach ihm um.

Nun lacht er leise und spricht dann trocken und hart:

»Raus hier, Mike, raus hier, denn du spielst hier nicht mehr mit. Du hast keinen Wert mehr. Also verschwinde, denn du bist wie ein Hofhund ohne Zähne. Sie gehört mir. Denn ich bin es, auf dem nun alles ruht. Ich muß die ganze Arbeit im Stollen tun. Und in den Nächten muß ich den ganzen Saloon unter Kontrolle halten. Ich allein habe ein Recht auf sie. Also hau ab, Mike Stonebreaker!«

Dieser sieht zu Linda hin. »Soll ich gehen, Linda?«

Sie schluckt mühsam und nickt. Dann sagt sie kehlig:

»Er erschießt dich sonst. Geh lieber, Mike.«

Durch den riesigen Körper des ehemaligen Preiskämpfers läuft nun ein Zittern, ein Vibrieren. Er kann ein bitteres Seufzen nicht ganz unterdrücken.

Denn es ist wahrhaftig so, er hat keine Chance.

Einige Sekunden lang verharren sie bewegungslos. Der Atem von bevorstehender Gewalttat weht, von böser Feindschaft – und vielleicht auch zugleich, aber zunehmend, von Ohnmacht.

Es sind schwarze Sekunden, während derer jeder der drei Menschen etwas ausströmt.

Dann aber – in dieser sekundenlangen, unwirklichen Stille – hören sie etwas.

Es sind sporenklingelnde Schritte.

Diese Schritte und diesen silbernen Sporenklang kennen sie.

Mike Stonebreaker, der noch das offene Türrechteck ausfüllt, tritt zur Seite und macht Platz für Lance Bronson.

Dieser tritt langsam ein und verharrt.

»Ich bin zurück«, murmelt Lance Bronson und sieht Linda McNally an. »Ist was?«

So fragt er und sieht an Lonnegan vorbei in ihre Augen.

»Nein, mein Freund«, erwidert sie. »Es ist nichts. Denn du bist ja wieder bei uns. Es ist nichts. Nur Mike brach sich wieder einmal beide Mittelhandknochen. Aber sie werden heilen. Er muß sich nun weniger Sorgen wegen seines Ausfalls machen, denn du bist wieder hier.«

Bronson nickt langsam und sieht dann Lonnegan fest an.

»Ist wirklich nichts, Lonnegan?« Seine Stimme klirrt ein wenig, klingt jedoch eher leiser, nicht lauter.

Lonnegan verharrt noch. Man sieht ihm an, wie sehr er innerlich mit sich kämpft. Er ist ja nicht nur ein Spieler, sondern auch ein gefährlicher Revolvermann, obwohl er seinen Revolver im Schulterholster trägt. Er kann die Waffe dennoch wie durch Zauberei in seine geschmeidige Hand bekommen.

Doch so geschmeidig sind seine Hände ja nun nicht mehr. Die harte Arbeit im Goldaderstollen hat seinen Händen geschadet.

Vielleicht kneift er deshalb.

Oder er kneift aus Klugheit, weil er jetzt wieder an die Goldader denkt, die sie nun wieder zu zweit ausbeuten können.

Er beginnt zu grinsen.

»Weißt du, Bronson«, sagt er, »eigentlich wollte ich gerade unsere schöne Linda vernaschen. Doch dann kam Mike – und jetzt bist auch du wieder hier. Ihr habt mir den Spaß verdorben. Ich bin für Linda nicht mehr unentbehrlich als einziger Beschützer. Es ist immer so bei jedem Spiel. Manchmal gewinnt man, und manchmal verliert man. Nun gut. Was ist mit dieser Ramona? Konntest du sie finden? Wird sie nun keine Pistoleros mehr senden, die Rio Paso für sie erobern sollen?«

»Sie ist keine Gefahr mehr für uns«, erwidert Lance Bronson und wendet sich ab, um sein kleines Zimmer im Nebengebäude aufzusuchen.

Sie lauschen noch auf seinen verklingenden Schritt.

»Glück gehabt – vorerst«, sagt Bud Lonnegan und geht an Stonebreaker vorbei hinaus.

Als Stonebreaker ihm folgen will, sagt Linda plötzlich:

»Warte, Mike!«

Sie ist dann selbst überrascht und zögert etwas, bevor sie weitere Worte findet.

»Ja, Linda?« So fragt Stonebreaker und er wirkt ein wenig überrascht. »Du mußt dich nicht bei mir bedanken«, will er Linda zuvorkommen. »Ich hätte dir wahrscheinlich ohnehin nicht beistehen können gegen diesen verdammten Kartenhai. Der kennt keine Fairneß.«

Er will sich zum Gehen wenden.

Doch sie sagt:

»Komm her, Mike. Um dich hat sich die beiden letzten Tage niemand gekümmert. Komm her und setz dich. Ich will dich rasieren, waschen und auch nach deinen Händen sehen, diese wieder mit sauberen Binden neu auf die Brettchen binden. Komm, Mike, laß mich etwas für dich tun wie eine Schwester für ihren Bruder.«

Er verharrt einige Atemzüge staunend.

Dann kommt er und setzt sich vor dem Spiegel auf den Stuhl.

Sie beginnt sich um ihn zu kümmern. Einige Male verläßt sie ihn, um aus der Küche warmes Wasser zu holen, dann in seinem Zimmer nach sauberer Wäsche zu suchen. Sie rasiert ihn auch wie ein Barbier.

Und irgendwann, da fragt sie:

»Fairneß – was ist Fairneß, Mike. Du sagtest, Lonnegan kennt sie nicht. Aber was ist Fairneß?«

Er denkt einige Sekunden lang nach, dann murmelt er. »Man braucht eigentlich nur immer das zu tun, was man für richtig hält. Dies aber setzt einen einigermaßen brauchbaren Verstand und einen guten Charakter voraus. Wer dumm ist, irgendwie verdorben von einer bösen Kindheit – oder vom Leben, der hält oft das Falsche für richtig. Dann kann er nicht fair sein. Er ist irgendwie krank und kann einem eigentlich nur leid tun.«

Sie denkt über seine Worte nach, indes sie vorsichtig seine Hände badet, bevor sie diese wieder mit Hilfe der Brettchen schient und mit weichen Binden darauf festbindet. Aber schließlich murmelt sie:

»Das hast du gut gesagt, Mike. Aber wahrscheinlich bin auch ich zu verdorben vom Leben, um fair sein zu können.«

Sie sprechen dann nicht mehr. Erst als sie mit ihm fertig ist und er auch wieder sauberes Zeug trägt, da murmelt er:

»Danke, Linda.«

Er geht hinaus.

Im Saloon sind nun auch schon die Helfer, die Musikanten und die Mädchen.

Lonnegan sitzt wieder an seinem Spieltisch.

Einer der beiden Barmänner sagt:

»Es ist wieder ein großer Wagenzug durch die Furt gekommen. Wir werden ein volles Haus haben.«

Stonebreaker nickt nur. Mit seinen Gedanken ist er noch ganz bei Linda.

Denn er glaubt, daß vorhin etwas zwischen ihnen war – ein Gefühl, ein stillschweigendes Einverständnis.

Er spürte es nun schon zum zweiten Male.

Die Tage und Nächte vergehen. Lonnegan und Bronson arbeiten hart im Stollen der Goldader. Sie sprechen wenig, denn längst wissen sie, daß sie sich nicht mögen. Von Lonnegan geht manchmal eine Feindschaft aus. Wahrscheinlich nimmt er Bronson sehr übel, daß er zurückkam in jener Stunde, da sich Linda ihm, Lonnegan, hätte ergeben müssen. Bronson hat Lonnegan durch seine längst überfällige Rückkehr, die sich dann so unerwartet vollzog, gewissermaßen den Spaß verdorben.

Nun, die beiden Männer arbeiten also hart, brechen das Gold aus der Ader und bauen auch eine Menge goldhaltiges Erz ab. Sie füllen eines der Kellergewölbe mit diesem goldhaltigen Gestein, zu dem außer ihnen niemand Zugang hat.

Es werden im Verlauf der vielen Tage viele Kubikmeter losgebrochenes Erz, und es wird noch eine höllische Arbeit werden, dies alles in Wagen zu laden.

Spätestens dann wird das große Geheimnis der Goldader kein Geheimnis mehr sein.

Oder ahnen die Leute von Rio Paso schon etwas?

Die vier so ungleichen Partner wissen es nicht.

Mike Stonebreakers Hände heilen wieder. Die schon so oft gebrochenen Mittelhandknochen verknorpeln. Linda muß bald die Hände nicht mehr auf die Brettchen binden. Und so froh er darüber ist, er vermißt nun ihre Zweisamkeit und das gute Gefühl, das er immer wieder spürt, wenn sie ihn rasiert, wäscht und sich um seine Hände kümmert. Er spürt dann stark ihre Nähe, wittert ihren Duft und genießt ihre Berührungen.

Ja, er gesteht sich ein, daß er diese Frau liebt und diese Liebe immer stärker wird in ihm, obwohl er weiß, daß Linda eine berechnende Glücksjägerin ist, eine nach Beute jagende zweibeinige Tigerkatze, die gewiß nur auf ihren eigenen Vorteil bedacht ist.

Doch damals muß sie ihren Mann sehr geliebt haben, so daß sie alles, was sie besaß, opferte, um ihn aus dem mexikanischen Gefängnis herauszuholen. Und dann war alles umsonst gewesen wegen einer verdammten Klapperschlange.

Einmal fragt er sie, warum ihr Mann drüben in Mexiko im Gefängnis saß.

Zuerst sieht es so aus, als wollte sie nicht darüber reden. Doch dann hält sie inne beim Behandeln seiner Hände, starrt ins Leere und wirkt so, als könnte sie nun vor ihrem geistigen Auge irgendwelche Bilder sehen.

Schließlich spricht sie langsam:

»Er war ein Spieler wie Lonnegan. Und er erschoß einen Mitspieler, den er bei einem Kartentrick erwischte. Dieser Falschspieler zog zuerst, ja, er verwundete ihn sogar, bevor mein Mann ihn tötete. Es war in einer kleinen Stadt. Der Falschspieler war der Sohn eines mächtigen Mannes. Es gab sogar eine richtige Gerichtsverhandlung. Aber die Zeugen sagten alle, daß mein Mann ohne Grund zuerst geschossen hätte, wahrscheinlich, weil er nicht fair verlieren konnte. Sie sperrten ihn ein, nachdem das Urteil lebenslänglich lautete. Er saß noch im Stadtgefängnis und sollte bald abgeholt werden, um irgendwo in den Steinbrüchen oder Bleiminen zu arbeiten. Es ging nur um wenige Tage, dann würde der Gefängniswagen kommen. Ich gab alles, was ich besaß, holte mir eine Bande zusammen. Wir ritten in die kleine Stadt, holten meinen Mann heraus, zündeten einige Häuser an, raubten die Bank aus und ließen auch Tote zurück. Dann trennten mein Mann und ich uns von den angeworbenen Bandoleros. Und wenige Tage später biß ihn unterwegs die Klapperschlange.«

»Und du hast ihn sehr geliebt?« Stonebreaker fragt es ernst.

Sie gibt ihm keine Antwort auf seine Frage, sondern setzt die Behandlung seiner Hände fort. Es ist eine sanfte Massage mit vorsichtigen Fingerspitzen. Sie reibt seine Hände immer wieder mit einem stark duftenden Öl ein, das sie von einer alten Frau erhielt, die hier in Rio Paso eine Art Kräuterfrau ist.

Plötzlich sagt Linda:

»Ich werde keinen Mann mehr lieben.«

Er erwidert nichts. Und da spricht sie, so als wollte sie sich irgendwie entschuldigen:

»Denn wenn man liebt, muß man Opfer bringen. Verdammt, wenn wir dieses Gold hier erst zu Dollars gemacht haben, wenn wir reich sind, dann . . .«

Aber nun verstummt sie, verharrt einen Moment und starrt wieder ins Leere.

»Was siehst du?« So fragt er.

Sie blickt immer noch ins Leere und murmelt:

»Ich sehe mich als reiche Lady durch die Welt reisen. Und die mächtigsten und reichsten Männer machen mir den Hof. Ich kann Gräfin oder Fürstin werden. Alle liegen mir zu Füßen. Mike, du bist gebildeter als ich. Erzähl mir etwas von der Welt jenseits der Ozeane. Oder hat dir dein Ziehvater, der dich zum Gladiator erzog und dir dennoch eine gute Bildung vermittelte, nichts von dieser anderen Welt erzählt?«

»Doch – sehr viel«, murmelt Mike Stonebreaker. »Denn er war schon in Europa und auch in Afrika. Er war in der ganzen Welt gewesen, sogar bei den Chinesen. Ich weiß von ihm sehr viel über diese Welt. Hattest du keine guten Lehrer, Linda?«

Sie schüttelt den Kopf.

»Ich lief als junges Ding von daheim fort«, murmelt sie. »Eigentlich ging ich nur drei Jahre in die Schule. Doch ich bin gewiß nicht dumm. Ich lernte schnell überall. Und manche Männer, mit denen ich zusammen war, waren ziemlich gebildet. Aber du, Mike, setzt mich immer wieder in Erstaunen. Du warst ein Preiskämpfer, der erbarmungslos seinen Gegner zertrümmern mußte, um Sieger werden zu können. Und doch hast du noch eine andere Seite. Du bist klug, gebildet und offenbar auch fair. Was wirst du tun mit deinem Anteil am Gold?«

Er lächelt irgendwie nachsichtig.

»Ich will immer noch eine große Pferderanch in einem großen Blaugras-Valley in Kentucky oder Tennessee«, spricht er dann. »Und ich werde dort ein oder zwei Dutzend Jungens aufnehmen, die so sind, wie ich damals war – und die ohne einen Ziehvater verloren wären. Doch ich werde sie nicht als Preiskämpfer ausbilden lassen. Nur eine gute Schulbildung sollen sie bekommen, eine Schulbildung und ein Heim. Und vielleicht finde ich mal eine Frau, die mir dabei hilft.«

Sie staunt ihn an.

Dann nickt sie:

»Ja, du hast zwei Seiten. Die eine Seite ist hart und voller Mißtrauen, eine Seite mit vielen Narben – auch auf der Seele. Doch die andere Seite ist fähig zu guten Dingen, zu Mitleid, Hilfe, Fairneß. Weißt du, was mich betrifft, so ist Mitleid etwas, woran ich selbst aus den fernen Tagen meiner Kindheit keine Erinnerung habe.«

Sie verläßt ihn nach diesen Worten schnell, und es ist fast wie eine Flucht.

In den tiefen, dunklen und narbigen Linien seines Gesichtes erscheint der schwache Hauch eines Lächelns.

Und er denkt: Auch du, Linda, hast zwei Seiten, auch du. Und irgendwann wirst du dich ganz und gar für eine dieser Seiten entscheiden müssen.

11

Manchmal sind die Nächte ruhig im Rio Paso Saloon in der alte Kirche der einstigen Mission, die von den Sklaven der Hidalgos erbaut wurde und in der dann die Jesuiten-Padres die Heiden zu bekehren versuchten.

Die drei Männer sind froh, wenn wenig Betrieb ist.

Nur die sechs Putas, die beiden Barmänner, die Musikanten und sonstigen Helfer sind dann unzufrieden.

Dann aber wieder ist die Hölle los im Saloon, und es kommt zu wilden Schlägereien. Einige Male müssen Bronson und Lonnegan mit ihren Revolvern eingreifen, und so fließt Blut, gibt es sogar einen Toten, weil er sich für einen unüberwindlichen Revolverhelden hielt.

Einen zweiten Toten gibt es schon in der nächsten Nacht, als Lonnegan einen Mitspieler bei einem Kartentrick erwischt und dieser Dummkopf nach der Waffe greift.

Auch die sechs käuflichen Mädchen haben immer wieder Ärger mit ihren jeweiligen Freiern, denn manche wollen nicht zahlen – andere wieder randalieren betrunken oder wollen nicht mehr raus aus den kleinen Kammern, obwohl im Saloon schon die nächsten Burschen darauf waren, endlich bei den Schönen des Saloons an die Reihe zu kommen.

Nur die dicke Estrella, die mehr als zweieinhalb Zentner wiegt, wirft ihre Freier eigenhändig raus, wenn sie länger bleiben wollen, als es die Regel ist.

Doch so turbulent, wild und sündhaft es im Rio Paso Saloon in so mancher Nacht auch zugeht, es kommen keine Banditen, Pistoleros oder irgendwelche Revolverschwinger mehr, die Ramona geschickt haben könnte.

Lonnegan, Stonebreaker und auch Linda wüßten zu gerne, was Bronson in jenen vielen Tagen und Nächten, da er abwesend war, bei dieser Ramona irgendwo dort im Süden erlebt hat.

Hat er sie umgebracht?

Oder ...

Über all die vielen Möglichkeiten können sie nur Vermutungen anstellen.

Es ist an einem Vormittag, als Lance Bronson zum Frühstück in die Küche tritt und Linda ihm Kaffee eingießt.

Sie betrachtet ihn wieder einmal mehr, versucht mit ihrem Instinkt herauszufinden, was wohl in diesem Mann ist, seit seiner Rückkehr von jener Ramona.

Sein dunkles Gesicht mit den leuchtend blauen Augen fasziniert sie irgendwie immer wieder. Es ist ein Gesicht mit tiefen Linien, harten Winkeln. Sein Kopf wirkt etwas zu klein auf seinen massigen Schultern.

Sein Hals besitzt Muskelstränge, die im offenen Hemd verschwinden. Seine Taille aber wirkt fast zu schmal für die massigen Schultern. Er hat lange Arme mit breiten Handgelenken und sehr geschmeidige Hände, die mit stählerner Kraft zupacken können.

Er ist ein Mann wie eine Kampfmaschine, denkt sie manchmal.

Als er sich mit der gefüllten Kaffeetasse in den Händen setzt und sie ihm aus der großen Pfanne Eier mit Speck auf den Teller füllt, da fragt sie ihn:

»Und wie war es bei dieser Ramona? Hast du sie überhaupt gefunden? Ist sie wirklich so schön, wie die Leute hier behaupten? Was hast du mit ihr gemacht? Warum erzählst du uns nichts von deinen Erlebnissen? Du warst lange fort. Wir dachten schon, du würdest nicht wiederkommen, weil dir etwas zugestoßen wäre.«

Er grinst sie an.

Dann spricht er fast brutal:

»Sie ist schöner als du, Linda. Sie ist voller Feuer wie ein Vulkan. Und sie kann jeden Mann verhexen, nein, fast jeden. Du aber kannst das nicht. Du bist kalt, zu kalt. Ihr hattet hier Glück, daß ich ihr nicht ganz und gar verfiel wie einer süßen Droge, daß ich fortreiten konnte, bevor sie mich zu ihrem Sklaven zu machen vermochte. Ja, ich ergriff regelrecht die Flucht, das gebe ich zu. Aber sie weiß jetzt, daß es keinen Sinn hat, immer wieder ein paar Pistoleros zu senden. Sie würde auch so schnell nicht wieder welche finden. Doch es könnte sein, daß sie nur einen schickt – nur einen, wenn er ein ganz Großer mit dem Colt ist, nur einen, wenn er mir und Lonnegan gewachsen ist. Vielleicht läßt sie schon nach solch einem Mann suchen, um ihn dann, wenn er zu ihr kommt, zu verhexen und herzuschicken. Wenn noch einer von ihr hergesandt wird, dann wird es diesmal ein ganz großer Bursche sein, ein Zauberer mit dem Colt. Ich werde dann um mein Leben kämpfen müssen. Jetzt weiß du fast alles, Linda. Und nun gib Ruhe.«

Die letzten Worte spricht er fast drohend.

Sie aber sagt nichts mehr.

Aber sie weiß Bescheid. Und sie denkt bitter: Ich hätte ihn damals, bevor er zu dieser Ramona ritt, nicht abweisen dürfen. Ich hätte ihn nach mir verrückt machen müssen, so wie es diese Ramona tat. Er hat sie jetzt im Blut, und nur sein Stolz hindert ihn noch daran, ihr ganz und gar hörig zu werden. Verdammt, was ist diese Ramona für eine Frau? Ich würde sie gerne mal kennenlernen, um herauszufinden, ob ich mich mit ihr messen kann.

Ihre Gedanken werden nun unterbrochen, denn nun kommen auch die beiden anderen Männer in die Küche zum Frühstück.

Lonnegan ist wie immer mürrisch.

Stonebreaker aber ist freundlich. Er zeigt ihr beide Hände, bewegt die Finger, ballt die Hände zu Fäusten und öffnet sie wieder.

»Es wird immer besser«, spricht er. »Bald kann ich wieder arbeiten.«

»Das wird auch Zeit«, grollt Lonnegan. »Vielleicht kannst du an Lindas Stelle das Kochen übernehmen. Dann könnte Linda mit uns im Stollen arbeiten. Hahaha!« Er lacht grimmig über seinen Scherz.

Stonebreaker starrt ihn an, und man kann irgendwie spüren, wie aus Stonebreakers tiefstem Kern ein hartes Gefühl aufsteigt, gewissermaßen aus dem Kern seines Wesens, das zwar zwei Seiten hat, wie Linda glauben möchte, aber jetzt nur noch eine Seite besitzt. Und diese ist hart und drohend.

Stonebreaker zeigt Lonnegan die kaum verheilten Hände und ballt diese wieder zu Fäusten.

»Ich kann dich damit totschlagen«, murmelt er. »Selbst wenn alles wieder zu einem Knochensalat werden sollte, ich kann dich damit totschlagen. Lonnegan, ich mag dich immer weniger.«

»Sicher«, grinst dieser. »Das glaube ich. Du bist eine traurige Niete, zu nichts zu gebrauchen. Ich arbeite schon viele Tage für dich mit. Und dennoch wirst du den gleichen Anteil am Gold haben wollen wie ich.«

Er wendet sich plötzlich an Bronson. »Auch du warst viele Tage fort. Am Ende hast du dich auch noch gut amüsiert – oder? Und ich war die ganze Zeit der Hammel, der die Arbeit machte. Hier seht euch meine Hände an. Ich kann keinen Kartentrick mehr versuchen, niemanden mehr Golddollars aus der Nase zaubern. Und ich war stets auf meine Hände und Fingerfertigkeiten angewiesen und stolz. Verdammt!«

»Aber du wirst bald ein reicher Mann sein«, mischt sich Linda ein.

Lance Bronson erhebt sich plötzlich und verschwindet wortlos in den Kellergewölben. Wenig später versucht er sich bei harter Arbeit im Stollen abzulenken. Aber es gelingt ihm nicht.

Lindas Frage nach Ramona hat in ihm all die Erinnerungen wieder geweckt, so als hätte er Ramona erst gestern verlassen. Nun verspürt er plötzlich wieder ihre Macht.

Ja, es ist eine Macht, ein Zauber oder gar ein zwar unhörbarer und stummer, doch zwingender Ruf.

Er sieht sie wieder vor sich, so wie er sie all die Tage sah – und besonders eindringlich in den Nächten beim Lampenschein.

Manchmal tanzte sie für ihn.

Er verspürt plötzlich einen Schmerz und flucht böse. Denn er schlug mit dem Hammer nicht auf den Meißelkopf, sondern auf seine Knöchel.

Er leckt das Blut ab.

Lonnegan kommt zu ihm in den Stollen, bringt auch eine zweite Laterne mit.

»He, warum erzählst du uns nichts von dieser Ramona?« So fragt er grob. »Oder muß ich mal für zwei Wochen nach Süden reiten, um sie mir anzusehen und eine Weile bei ihr zu bleiben? Hast du ihr am Ende etwas versprochen?«

Bronson leckt immer noch an seinen aufgeschlagenen Handknöcheln. Aber unter den Augenbrauen hinweg starrt er Lonnegan im Laternenschein an.

»Na gut«, sagt er schließlich, »reite mal hin zu ihr. Der Ort heißt Santa Ana und ist nicht zu verfehlen – etwa dreißig Meilen von hier immer nach Süden am Pecos entlang. Reite hin. Wenn sie dich für groß und wichtig genug hält, wird sie dir das Paradies bereiten.«

Bud Lonnegan starrt ihn verblüfft und staunend an.

»He . . .«, beginnt er dann ein wenig hilflos.

Aber dann beginnt er zu arbeiten, und gewiß jagen jetzt auch ihm viele Gedanken durch den Kopf.

Stonebreaker erscheint im Stollen. Er sagt ruhig: »Ich kann wenigstens das herausgeschlagene Gold einsammeln und das Erz aus dem Stollen schaffen. Ich glaube, das halten meine Hände schon wieder aus.«

Sie erwidern nichts zu seinen Worten.

Man hört nur ihre Hammerschläge auf die Meißelköpfe. Und manchmal arbeiten sie mit den Brechstangen.

Stonebreaker aber beginnt ziemlich mühevoll seinen ersten Arbeitstag.

Werden seine Handknochen es aushalten?

Die Stimmung unter ihnen wird in den nächsten Tagen immer böser. Eigentlich verstehen sich nur Linda und Stonebreaker, denn sie unterhalten sich, lachen auch dann und wann miteinander und lassen stets ein stillschweigendes Einverständnis spüren, wenn sie nicht miteinander sprechen.

Lonnegan aber wirkt immer mürrischer, irgendwie vor sich hinbrütend, unzufrieden und verärgert. Auch seine Geduld nähert sich dem Ende.

An einem Morgen beim Frühstück – sie hatten in der Nacht viel Betrieb im Saloon und bekamen nur wenige Stunden Schlaf –, da sagt er grimmig:

»Wir sollten uns allmählich um einige starke Frachtwagen und Gespanne kümmern. Es kommen genug Frachtwagenzüge aus dem Goldland im Arizona-Territorium leer zurück, von denen wir einige mitsamt der Gespanne für einen guten Preis kaufen könnten. Wir haben bald das ganze Gold und auch das Erz herausgehauen. Verdammt, wie viele Wochen und Monate führen wir schon dieses verdammte Leben? Ich komme mir fast wie ein Riesenmaulwurf vor. Warum schließen wir eigentlich den verdammten Saloon nicht? Dann wäre alles leichter.«

»Wir machen weiter wie bisher«, spricht Linda.

Sie blickt auf Stonebreaker und dann auf Bronson.

»Nicht wahr, wir machen weiter wie bisher?«

Bronson nickt nur stumm und kaut sein Frühstück.

Stonebreaker sagt:

»Nur so fällt nicht auf, daß wir außer dem Saloon noch etwas anderes in Gang halten. Aber unsere Vorräte sind bald alle. Es wird für die Leute von Rio Paso sehr einleuchtend sein, wenn wir bald mit einigen Wagen aufbrechen, um scheinbar neue Vorräte zu holen. Daß wir dabei große Weinfässer mitnehmen, um sie gefüllt zurückzubringen, wird jedem einleuchten. Ja, wir machen weiter so, Linda. Das Beladen der Wagen wird eine Menge Arbeit machen. Und sie werden sehr schwer sein, tiefe Radfurchen hinterlassen. Wie ist das, werden wir Fahrer benötigen – oder könnt ihr mit einem Achtergespann umgehen wie Frachtfahrer. Es sind noch viele Fragen offen. Wohin fahren wir mit unserem Gold?«

Lance Bronson hört kaum zu.

Er denkt fortwährend an Ramona, und auch im Schlaf erscheint sie ihm jetzt immer wieder. Er sieht sie stets nackt und in aller Schönheit vor sich, möchte nach ihr greifen – und erwacht dann erst aus seinem Traum.

Dies wiederholt sich immer wieder.

Und so weiß er nun, daß er sie gewissermaßen im Blut hat wie eine süße Droge. Irgendeine Zauberkraft strömt von Santa Ana her nach Rio Paso und erreicht ihn.

Er hatte geglaubt, Ramonas Macht entkommen zu sein durch seine Flucht zurück nach Rio Paso und zu seinen Partnern.

Doch jetzt wird Ramonas Kraft – oder was es auch sonst sein und wie man es sonst nennen mag – mit jedem Tag und jeder Nacht stärker.

Er spürt es deutlich.

Nach dem Frühstück erhebt er sich, ohne an der Diskussion über die vielen noch zu klärenden Fragen teilgenommen zu haben, und geht hinaus in den Vormittag.

Schräg gegenüber ist ein Store. Er muß sich neues Zeug kaufen. Denn durch die Arbeit im Stollen leidet ihre Kleidung. Auch Lonnegan und Stonebreaker mußten sich schon neues Zeug kaufen.

Vor dem Saloon lungert ein junger Bursche mexikanischer Abstammung herum. Er tritt Bronson in den Weg.

»Señor«, sagt er höflich, »ich weiß, wer Sie sind, denn ich sah Sie in Santa Ana bei Ramona. Sie schickt mich mit diesem Brief zu Ihnen, Señor.«

Indes er spricht, reicht er Bronson den schon sehr zerknitterten Brief. Dann läuft er zu einem scheckigen Pferd, schwingt sich hinauf und reitet nach Süden davon.

Lance Bronson aber liest den Brief.

Es sind nicht viele Worte.

Gringo, ich warte auf dich. Komm! Denn ich will dir wieder das Paradies bereiten und in deinen Armen liegen. Komm! *Ramona*

Er knüllt den Brief zusammen, und er weiß, daß er nun einen Kampf kämpfen muß. Wenn er verliert, wird er zu Ramona reiten und vielleicht ihr Sklave sein – jedenfalls aber ihr Ritter, der bereit ist, alles für sie zu tun.

Langsam setzt er sich in Bewegung, und er verspürt nicht die geringste Motivierung, jetzt wieder im Goldstollen zu arbeiten.

Überdies haben sie ja die Goldader fast völlig herausgeschlagen und auch einige Tonnen goldreiches Erz gesammelt. Bald werden sie mit dem Verladen beginnen müssen, denn auch das wird einige Tage dauern.

Er geht zum Store, um seine Einkäufe zu tätigen.

Doch seine Gedanken und Gefühle sind bei Ramona in Santa Ana.

Dieser Brief mit den wenigen Zeilen von ihr hat die Erinnerungen an sie wieder ganz frisch und mächtig gemacht. Seit er wieder hier in Rio Paso ist, hat er gegen

Ramonas Macht angekämpft wie ein Süchtiger gegen die ihn ganz und gar beherrschende Droge. Aber es ist ihm nicht gelungen.

Nun ist Ramona wieder ganz stark in ihm.

Als er mit den Einkäufen in seine kleine Kammer zurückgekehrt ist, wirft er die Sachen auf die karge Lagerstatt, die gewiß nur wenig bequemer ist als zu der Zeit, da hier die Padres wohnten.

Hinter ihm geht die Tür auf.

Linda tritt ein.

Er sieht sie an und fragt: »Was willst du?«

Es ist eine grobe, abweisende Frage.

»Was ist geschehen?« So fragt sie zurück. Und so als wolle sie ihre Frage besser erklären, spricht sie weiter: »Einer unserer Helfer sagte mir, daß ein junger Bursche dir einen Brief brachte und dann wieder nach Süden aus der Stadt geritten wäre. War das ein Brief von jener Ramona, die so wunderschön und begehrenswert sein soll?«

Es ist eine klare Frage, und er staunt über Linda McNallys Instinkt. Ja, sie hat wirklich den feinen Instinkt einer Raubkatze, und wahrscheinlich hat sie ihn nach seiner Rückkehr aus Santa Ana ständig beobachtet.

Er grinst sie an.

»Ja, sie ist schön und begehrenswert, nicht so kalt wie du. Linda, ich wollte dich einmal haben, aber du kannst ihr nicht das Wasser reichen. Sonst noch etwas?«

Sie verharrt vor ihm, und er sieht ihr an, daß er sie jetzt haben könnte. Deshalb ist sie ja wohl hergekommen. Irgendwie hat sie gespürt, daß sie mit allen Mitteln den Kampf gegen Ramona aufnehmen muß.

Doch seine Worte treffen sie fast wie Peitschenschläge.

In ihren grünen Katzenaugen sprüht es gefährlich.

»Du verdammter Revolverheld«, sagt sie kehlig, »du wirst doch nicht zu ihr überlaufen und deine Partner hier verraten?«

Wieder grinst er. Dann spricht er langsam:

»Wir alle taugen wohl nicht viel, und nur das Gold hält uns zusammen. Vielleicht würde jeder von uns seinen Partner verraten, wenn er eine Chance dazu erhielte. Doch wir alle passen gegenseitig zu sehr auf. Deshalb solltest du dir keine Sorgen machen, Linda. Aber vielleicht reite ich doch noch mal nach Santa Ana zu dieser Ramona. Weißt du, sie ist wie ein Wunder.«

Sie starrt ihn seltsam an, und vielleicht erlebt sie jetzt zum ersten Male, daß ein Mann gewissermaßen immun wurde gegen alles, was von ihr ausgeht in diesem Moment.

Und so wendet sie sich wortlos ab und geht wieder.

Er verharrt noch eine Weile und blickt auf seine Einkäufe, die er auf das Lager warf.

Lonnegan und Stonebreaker arbeiten jetzt sicher schon im Goldstollen wie immer nach dem späten Frühstück.

Soll auch er wieder an die Arbeit gehen?

Oder soll er sich das neue Zeug anziehen und nach Santa Ana reiten?

Er kämpft einen Kampf, und einige Male wischt er sich über das Gesicht.

Und eines weiß er: Ramona gibt ihm noch eine Chance. Dieser kurze Brief drückte mehr aus zwischen den Zeilen.

Wenn er nicht überläuft, wird Ramona diesmal einen Killer schicken, kein böses Rudel von Revolverschwingern oder Pistoleros wie schon zweimal. Nein, diesmal wird es anders sein.

Er schüttelt plötzlich den Kopf, so als würde er damit eine sich selbst gestellte Frage beantworten.

Denn verläßt er die Kammer und geht nach unten.

Stonebreaker und Lonnegan schwitzen schon im Stollen.

Lonnegan fragt grollend:

»Kommst du auch noch mal, verdammt? Eigentlich müßte ich vom Gold so viel bekommen wie ihr beide zusammen. Denn ich arbeite ja auch doppelt soviel wie jeder von euch.«

Aber Lance Bronson erwidert nichts. Er beginnt einen der Körbe mit dem Golderz zu füllen und aus dem Stollen zu schleppen.

Irgendwann machen sie mal Pause. Alle drei keuchen sie. Denn sie haben wirklich hart gearbeitet.

Stonebreaker fragt schließlich:

»Habt ihr schon mal ausgerechnet, wie viele Dollars wir für das Gold bekommen?«

Sie denken schweigend nach.

Dann brummt Lonnegan:

»Soviel wie ich weiß, zahlt man für eine Unze reines Gold zur Zeit um die sechzehn Dollar. Oder?«

Stonebreaker nickt im Laternenschein.

»Rechnen wir mal ganz grob«, spricht er dann. »Eine Unze, dies sind knapp neunundzwanzig Gramm – oder etwas mehr als achtundzwanzig. Aber rechnen wir mal neunundzwanzig. Dann sind fünfunddreißig Unzen etwa ein Kilo, nicht wahr? Immer grob gerechnet, sozusagen über den Daumen gepeilt, hahaha! Also müssen wir auch fünfunddreißig mal sechzehn Dollar rechnen. Das sind fünfhundertsechzig Dollar für ein Kilo reines Gold zum jetzigen Handelspreis. Nun ist die Frage, wieviel Kilo Gold wir haben. Bei dem reinen Adergold ist das leicht. Da haben wir mehr als hundert Kilo, denke ich. Aber wieviel Gold ist in den losgebrochenen Quarzbrocken? Was holen wir da heraus, wenn wir alles zermahlen haben? Man kann es herauswaschen oder durch Quecksilber herausziehen. Das Gold kann dann vom Quecksilber wieder getrennt werden, indem man das Amalgan durch Beutel von Sämischleder preßt oder kocht, so daß das Quecksilber verdampft. Also, wieviel Gold holen wir aus den goldhaltigen Quarzbrocken? Das ist die Frage? Nehmen wir an, daß es auch noch mal hundert Kilo sind. Dann haben wir insgesamt zweihundert bis dreihundert Kilo Gold, ganz grob gerechnet natürlich. Denn vielleicht holen wir auch zweihundert Kilo Gold aus den Quarzbrocken.«

Als er verstummt, da staunen sie. Denn diese Rechnung hätten sie dem einstigen Preiskämpfer nicht zugetraut. Überhaupt weiß er über Gold eine Menge, wie sie nun erkennen.

Und dennoch ist eine gewisse Enttäuschung in ihnen.

Denn wenn sie den Gewinn unter sich aufteilen, so daß jeder ein Viertel erhält, kommen auf jeden von ihnen vielleicht nur wenig mehr als fünfundzwanzig- bis knapp vierzigtausend Dollar je nach dem Gewinn aus dem Quarzerz.

»Und dafür arbeiten wir wie die Irren«, brummt Lonnegan. »Ich habe schon mal mehr als dreißigtausend Dollar in einer einzigen Nacht beim Poker gewonnen.«

»Und wo hast du sie jetzt?« Stonebreaker fragt es angriffslustig.

»Es waren Südstaaten-Dollars«, knurrt Lonnegan. »Die wurden wertlos nach dem verlorenen Krieg, denn dann galten nur noch Yankee-Dollars.«

Sie beginnen wieder zu arbeiten.

12

Schon am nächsten Tag kommt ein Wagenzug aus dem Goldland im Arizona-Territorium und rastet an der Pecos Furt bei Rio Paso.

Bud Lonnegan spielt mit dem Frachtwagenzugboß, der zugleich auch Besitzer ist, die ganze Nacht Poker. Es sind noch einige andere Spieler mit in der Runde, doch dieses sind fast nur Statisten, jedenfalls steigen sie nicht groß ein, sondern passen schnell, wenn sie ihren Karten nicht viel zutrauen.

Lonnegan gewinnt in dieser Nacht vier schwere Murphy-Frachtwagen mit den dazugehörigen Achtergespannen.

Es ist dann grauer Morgen, als der Wagenboß aufgibt und sich zurücklehnt.

Mürrisch fragt er: »Und warum ausgerechnet vier von meinen Frachtwagen, warum nicht bares Geld? Meinen Fahrern wird es nicht gefallen, daß sie nun ohne Wagen sind. Ich kann ihnen erst in Houston neue kaufen. Warum also vier Wagen?«

»Wir müssen Wein einkaufen in Mexiko«, erwidert Lonnegan. »Es sind riesengroße Fässer, mit denen wir nach Mexiko fahren. Dort ist der gute, rote Wein sehr viel billiger. Wenn sie wieder hier durchkommen, Mister, können Sie ja versuchen, die vier Wagen zurückzugewinnen.«

Der Wagenboß nickt grimmig. Aber dann sagt er: »Gut, ich lasse die vier Wagen in den Hof dieser alten Mission schaffen.«

Er erhebt sich und geht. Er ist der letzte Gast, der den Saloon verläßt.

Linda zahlt wie immer die Helfer aus.

Wenig später sind sie allein.

Bud Lonnegan grinst sie grimmig an.

»Was ich nicht alles tue für uns«, knurrt er. »Ich schaffe für zwei im Stollen, und jetzt gewinne ich auch noch die vier so notwendigen Frachtwagen mit Gespannen. Eigentlich steht mir wirklich ein doppelter Anteil zu – oder?«

Sie geben ihm keine Antwort auf die Frage.

Stonebreaker spricht nach einer Pause des Schweigens: »Wir sollten vier mexikanische Fahrer und Maultiertreiber anwerben, möglichst dumme Burschen, die nichts anderes können als die Wagen zu fahren und mit den Gespannen umzugehen. Aber die Fässer müssen wir selbst aufladen und mit dem goldhaltigen Quarzbrocken füllen. Das wird noch eine schwere Arbeit.«

Sie nicken.

Dann grinst Bronson: »Heute nicht mehr, nicht wahr? Gehen wir für ein paar Stunden schlafen.«

Sie arbeiten eine ganze Woche lang schwer. Zum Glück können sie die Wagen dicht an jene Öffnung an der Hinterseite heranfahren, durch die man mit Schubkarren abwärts in die Kellergewölbe fahren kann. Auch die riesengroßen Weinfässer lassen sich auf dieser nur mäßig ansteigenden Transporthilfe hinaufrollen. Sie schaffen das nur mit ihren Helfern. Und für die ist nur logisch, daß sie mit Fässern zum Weineinkauf fahren wollen.

Noch schwerer ist es dann – unbemerkt zwischen den Gebäuden der Mission – all das goldhaltige Gestein aus den Kellergewölben heraufzuschaffen und in die Weinfässer zu füllen.

Sie tun dies stets während der heißen Mittagszeit, weil sich dann in der kleinen Stadt an der Pecos-Furt kaum Leben regt. So können sie einigermaßen sicher sein, daß niemand sich zwischen den Gebäuden der alten Mission umhertreibt und sie beobachtet.

Dennoch wissen sie, daß es recht fraglich ist, ob ihr Tun unbemerkt bleibt.

Überhaupt müssen sie gewiß zunehmend mit Schwierigkeiten rechnen.

Die Einwohner dieser Stadt sind zwar recht einfache Menschen, zumeist mexikanischer Abstammung, ungebildet und auch an anderen Angelegenheiten recht uninteressiert, aber es könnten doch einige Neugierige unter ihnen sein.

Und auch all ihre Helfer – die Barmänner, die Musikanten, die Mädchen – könnten längst schon etwas gemerkt haben und nur noch abwarten.

Zum Glück ist in diesen Nächten nur wenig Betrieb im Rio Paso Saloon. Es tauchen stets nur ein paar Reiter auf, die von irgendwoher kommen und gegen Ende der Nacht nach irgendwohin verschwinden. Es sind verschwiegene Reiter von der harten, zähen und stets mißtrauischen Sorte.

Einmal muß eine Postkutsche die Nacht in Rio Paso verbringen, weil diese Nacht zu rabenschwarz wird und die Kutsche unterwegs in den Bergen vom schmalen Wagenweg abkommen und abstürzen könnte in eine Schlucht.

Sonst bleibt diese Woche alles ziemlich ruhig in Rio Paso.

Sie verladen in diesen Tagen etwas mehr als acht Kubikmeter Goldquarz in die Fässer und auf die vier Wagen. Dazu kommen etwas mehr als hundert Kilo fast reines Gold aus der Goldader.

Dann sind sie fertig.

Auch vier Fahrer und Maultiertreiber aus der Stadt – die sonst als Bauern auf den Feldern ihrer Familien und Sippen arbeiten – konnten sie verpflichten. Denn blanke Dollars verdienen sie sich alle gern.

Die Leitung des Saloons werden sie während ihrer Abwesenheit den beiden Barmännern übertragen. Aber sie wollen ja ohnehin nicht wieder zurück an diesen Ort. Und so werden die beiden Barmänner sozusagen ganz von selbst die neuen Besitzer sein.

Aber das wird sie nicht kümmern.

Die ganzen Tage wartet Lance Bronson auf etwas, was von Ramona ausgeht – entweder auf einen neuen Brief oder auf einen Killer – oder auf irgendwelche sonstigen Aktivitäten. Er weiß, Ramona hat nun lange genug gewartet. Gewiß hat sie zumindest einen Spion hier. Vielleicht unter den Peones, die keiner beachtet und für die jeder Mensch angloamerikanischer Abstammung fast so etwas wie ein Mensch einer höheren Kaste ist.

Denn sie sind die Bauern, die durch den Staub zu Fuß gehen in Sandalen. Die Gringos aber tragen Stiefel mit Sporen, sind Reiter, tragen Revolver und sind gewissermaßen Ritter, zu denen man aufblicken muß.

Es ist an einem Nachmittag, als Lance Bronson sein Pferd sattelt und zum Pecos hinunterreitet. Er will wieder einmal allein sein, nachdenken, reiten und die Düfte des Pecos-Landes spüren.

Er reitet nach Süden, und immer dann, wenn er in die Ferne blickt und die Sicht im Pecos Valley durch keine Biegung des Flusses begrenzt wird, denkt er an Ramona.

Denn dort im Süden – keine dreißig Meilen entfernt – da lebt sie. Und sie hat ihm geschrieben, daß er kommen soll und sie ihm das Paradies bereiten wird.

Immer wieder mußte er daran denken – auch jetzt wieder.

Der Pecos führt nicht viel Wasser. Dennoch kann man ihn nicht überall durchqueren, denn es gibt überall Treibsand. Man muß die wenigen Furten benutzen, will man sicher auf die andere Seite hinüberkommen.

Als Lance Bronson um einige rote Felsen herumreitet, die von dem Grün der Bäume und Büsche umgeben sind, kommt ihm ein Reiter entgegengeritten.

Es ist ein scheinbar noch junger Bursche, an dessen Hut mit flacher Krone ein goldenes Hutband blinkt. Der Bursche lacht ihm entgegen, so als freute er sich, ihn zu sehen.

Und als sie voreinander ihre Pferde verhalten, da sagt der Bursche freundlich:

»Oh, da sind Sie ja, Bronson. Ich warte schon einige Tage darauf, daß Sie mal aus der Stadt kommen, um hier am Fluß frische Luft zu schnappen. Es ist schön hier, nicht wahr? Der Herr im Himmel hat uns hier eine wunderschöne Welt geschenkt. Und das Leben kann herrlich sein. Ich bin Ringo Weaver, und ich habe schon eine Menge über Sie gehört, Bronson. Ich will Ihnen gleich sagen, daß Ramona mich schickt.«

Lance Bronson schweigt noch.

Je länger er diesen scheinbar noch sehr jungen und für einen Mann fast zu hübschen Burschen ansieht, um so mehr kommt er zu der Überzeugung, daß dieser Bursche gar nicht mehr so jung ist.

Bronson spürt jäh die große Gefahr. Es geht ihm wie jemandem, der einen Wolf im ersten Moment für einen harmlosen und freundlichen Hund hält – oder wie einem, der eine Giftviper nicht sogleich als solche erkennt.

Das scheinbar so freundliche Lachen dieses Ringo Weaver täuschte ihn einige Sekunden. Doch nun spürt er deutlich den kalten Hauch einer Gefahr.

Er starrt in die hellen Augen von Weaver hinein und fragt:

»Und was will Ramona? Sollen Sie etwas ausrichten, mein Freund – vielleicht einen Brief überbringen?«

Weaver hat seine geschmeidigen Hände noch auf dem Sattelhorn übereinanderliegen. Und wieder zeigt er ein fröhliches Gesicht. Blinkende Zahnreihen. Nur seine Augen wurden schmale Schlitze.

Er stellt sich auch etwas in den Steigbügeln auf. Und dies ist für Bronson ein deutliches Zeichen.

Aber noch passiert nichts.

Ringo Weaver sagt:

»Ramona hat mir von Ihnen erzählt. Sie sagte mir, Sie seien ein Mann wie sonst kein zweiter unter zehntausend. Und das hat mich neugierig gemacht, Mister Bronson, sehr neugierig. Ramona sagte mir, daß sie ganz und gar Ihnen gehören würde – nein müßte! –, wenn Sie wieder nach Santa Ana kommen würden. Und nur, wenn Sie tot wären, könnte sie Sie vergessen, nur dann. Und so habe ich mich auf den Weg gemacht, damit Ramona Sie vergessen kann. Denn dann werde ich für die schöne Ramona ein Mann sein wie sonst kein zweiter unter zwanzigtausend und noch mehr. Das leuchtet Ihnen doch wohl ein, Mister Bronson?«

Lance Bronson nickt langsam.

Ja, ihm ist klar, daß dieser Weaver von Ramona kommt. Wahrscheinlich haßt Ramona ihn sogar, weil er ihr widerstand und nicht zurück nach Santa Ana kam. Das empfand sie wie eine Demütigung, eine Mißachtung ihrer Schönheit und Reize.

»Ja, das leuchtet mir ein, Ringo«, nickt er. »Wer sich Ramona nicht unterwirft, ihr nicht verfällt wie einem süßen Gift, den beginnt sie zu hassen. Na los!«

Seine beiden letzten Worte ruft er scharf.

Und dann ziehen sie.

Über die Köpfe ihrer Pferde hinweg schießen sie unwahrscheinlich schnell.

Lance Bronsons Kopf scheint zu explodieren. Er fällt vom Pferd und dann weiter wie in bodenlose Tiefen.

Irgendwann verspürt er Schmerzen. Allmählich kommt auch die Erinnerung. Und das sagt ihm, wie sehr er noch am Leben ist. Denn Tote haben keine Schmerzen, daran glaubt er fest.

Als er seine Augen öffnet, erschrickt er. Denn er kann nichts sehen. Es ist alles dunkel.

Doch dann erblickt er über sich ein paar Sterne in einem Wolkenloch am Himmel.

Es ist Nacht, so denkt er. Ich muß lange bewußtlos gewesen sein.

Verdammt, was ist mit meinem Kopf los?

Mit vorsichtigen Fingerspitzen betastet er jene Stelle, von der dieser pochende Schmerz ausgeht, so daß er meint, der Schädel würde ihm zerspringen.

Seine Kopfhaare sind mit getrocknetem Blut verklebt.

Und da begreift er es endlich. Er hat überlebt. Ringo Weavers Kugel hat seinen Kopf nur gestreift – und zwar drei Fingerbreit über dem rechten Ohr. Sie traf ihn wie eine Keule.

Und Weaver?

Diese Frage ist nun wie ein Schrei in ihm.

Was ist mit Ringo Weaver?

Ließ Weaver ihn hier liegen, weil er glaubte, daß er tot wäre?

Oder hat er Weaver besser getroffen als dieser ihn?

Diese Fragen sind nun in seinem so böse und erbarmungslos hämmernden Schädel. Er setzt sich auf. Neben ihm schnaubt ein Pferd. Er sieht nun in der dunklen Nacht die Unrisse des Tieres. Ja, es muß sich um sein eigenes Pferd handeln. Dieses gute und treue Tier hat ja einst als erste Lektion lernen müssen, daß es auf der Stelle verharren muß, wenn der Reiter aus dem Sattel ist und die Zügelenden am Boden liegen. Denn dies ist die wichtigste und allererste Lektion eines guten Cowboy- und Rinderpferdes, weil es auf der freien Weide nur selten eine Gelegenheit zum Anbinden gibt.

Er hat also sein Pferd zur Verfügung, und er könnte heimreiten nach Rio Paso, immer am Pecos entlang, nur etwa fünf Meilen. Denn weiter war er ja noch nicht geritten, als er am Nachmittag ausritt.

Er kommt auf die Füße, schwankt, stöhnt – und die Welt dreht sich mit ihm wie ein Karussell. Er stolpert einige Schritte nach vorn, bis er sich an seinem Pferd festhalten und das Schwindelgefühl überwinden kann.

Am Himmel jagen nun die Wolken. Die Wolkenlöcher werden immer größer. Immer mehr Sterne senden ihr unirdisches Licht zur Erde nieder. Und dann kommt sogar der Mond für etwa eine halbe Minute hinter den Wolken hervor und taucht alles auf der Erde in ein blasses bleiches Licht.

Nun sieht Lance Bronson über den Sattel seines Pferdes hinweg das andere Tier. Es steht kaum mehr als sechs oder sieben Yard entfernt neben einer am Boden liegenden Gestalt. Es muß dieser Ringo Weaver sein, der dort liegt. Und auch sein Pferd ist ein echtes Rinderpferd, welches bei seinem abgesessenen und am Boden liegenden Reiter bleibt.

Lance Bronson stößt einen heiseren Laut aus. Und weil er ja ein Revolvermann ist, der von seinem Colt lebt, verspürt er einen grimmigen Triumph.

Denn dieser Ringo Weaver war ein Zauberer mit dem Colt, einer der ganz großen Experten dieser Gilde, nicht einfach nur einer dieser eitlen Revolverschwinger, die es hier im Südwesten zu Dutzenden gibt.

Aber er hat Weaver schlagen können und überlebt.

Dies stellt er wenig später fest, als er bei Weaver kniet und ihn untersucht.

In Weaver ist kein Atem mehr, schlägt nicht mehr der Pulsschlag des Lebens.

Was nun?

Eine Weile hockt Lance Bronson so kniend neben dem Toten. Das erbarmungslose Hämmern in seinem Kopfe läßt etwas nach.

Er beginnt wieder an diese Ramona zu denken.

Sie hatte diesen Ringo Weaver geschickt.

Verdammt, denkt Lance Bronson, weil ich nicht zu ihr zurückkam, wollte sie mich töten lassen. Ich hätte sie und ihren Onkel damals schon töten sollen. Dann wäre mir dies jetzt erspart geblieben. Denn fast hätte sie es geschafft, fast.

Er erhebt sich und geht zum Ufer des Flusses, kniet dort nieder und taucht sein Halstuch ins Wasser.

Er braucht eine ganze Weile, bis er sich das getrocknete Blut aus dem Haar gewaschen hat. Natürlich beginnt auch die Streifwunde wieder zu bluten. Er bindet sich später das nasse Halstuch um den Kopf, so als wäre er ein Apache.

Als er sich dann erhebt, ist er noch unschlüssig. Und immerzu denkt er an Ramona mit einem immer erbarmungsloser werdenden Zorn.

Was soll er jetzt tun?

Sein Schädel hämmert immer noch böse, doch jetzt kann er es ertragen wie starke Kopfschmerzen. Nach Rio Paso sind es etwa fünf Meilen, wenn er jetzt zurückreiten würde. Nach Santa Ana aber sind es etwa fünfundzwanzig Meilen.

Der erbarmungslose Zorn in ihm wird immer stärker.

Nein, er wird es nicht hinnehmen von dieser Ramona und deren Onkel Don Philippe.

Als er den toten Ringo Weaver quer über dessen Pferd legt, da will ihm der Kopf zerspringen, obwohl der Tote nicht sehr schwer ist, nur etwa siebzig Kilo wiegt. Er muß dann eine Weile verschnaufen und abwarten bis sein Kopf sich wieder beruhigt mit den hämmernden Schmerzen. Er bindet den Toten mit dessen Lasso auf dem Pferd fest und geht noch einmal zum Fluß, um sich das Gesicht zu waschen und die Schläfen zu kühlen.

Doch dann sitzt er auf, nimmt die Zügelenden des anderen Pferdes und reitet nach Süden in Richtung Santa Ana.

13

Sie warten die ganze Nacht auf Lance Bronsons Rückkehr.

Als sie am späten Vormittag nach einigen Stunden Schlaf sich beim Frühstück in der Küche einfinden, da sagt Bud Lonnegan:

»Wir sind fertig zur Abfahrt, sobald unsere vier Fahrer die Gespanne an den Wagen haben. Das dauert keine halbe Stunde. Und ich bin dafür, daß wir keine Minute mehr verschwenden. Was sollen wir hier noch herumsitzen? Wenn Bronson irgendwann zurückkommt, wird er uns leicht folgen können. Und wenn er nicht kommt – aus welchen Gründen auch immer –, dann haben wir hier keine Zeit verschwendet.«

»Und wohin sollen wir?« Linda McNally fragt es ernst. »Wo gibt es Erzmühlen, Waschanlagen, Schmelzen? Wo kauft man uns das Gold ab?«

»In Toyah«, erwidert Bud Lonnegan. »Dort gibt es einige Gold- und Silberminen. Auch Schwefel wird dort abgebaut. Schwefel ist gebunden in vielen Mineralien. Man muß alles zu feinem Pulver zermahlen, um es gewinnen zu können, denke ich! Also wird man auch Golderz zermahlen können. Wir fahren nach Toyah, immer den Pecos entlang nach Norden in Richtung des El Capitan Peak. Wir warten nicht auf Bronson. Vielleicht ist er zu dieser Ramona nach Santa Ana gritten.«

Sie blicken nun auf Mike Stonebreaker, den einstigen Preiskämpfer, der gebildeter ist als sie beide zusammen, was sie immer wieder neidvoll in Staunen versetzt, da sie Preiskämpfer stets für Burschen mit wenig Hirn hielten, die nichts anderes können als einen Gegner erbarmungslos kleinzumachen.

Stonebreaker nickt kauend und sagt dann, nachdem er den Mund leer hat: »Bronson wußte, daß wir fertig sind zur Abfahrt. Ja, es kann sein, daß er deshalb zu Ramona geritten ist. Ich traue ihm so wenig wie euch! Wir alle sind wohl nicht das, was man Heilige nennt. Wir gehören eher zu den Erbarmungslosen, wenn es um eine Menge Gold geht oder eine andere Beute. Wir fahren los.«

Und so geschieht es auch.

Eine gute Stunde später fahren die vier schwerbeladenen Wagen aus dem Hof der alten Mission. Die Peitschen der vier Fahrer und Maultiertreiber knallen fast so laut wie Revolverschüsse, denn diese Maultierpeitschen haben am Ende einen metallenen Knaller, mit dem sie einem Maultier leicht die Haut aufschlitzen könnten.

Doch davor hüten sich natürlich die Fahrer und Maultiertreiber.

Ja, sie sind beides. Je nach Gelände hocken sie entweder auf ihren Wagen oder gehen neben den Achtergespannen zu Fuß. Doch fortwährend knallen ihre langen Peitschen und tönen ihre Rufe.

Linda McNally, Mike Stonebreaker und Bud Lonnegan reiten vor den vier Wagen. Sie sind gut bewaffnet. Linda trägt nun Hosen und eine Jacke zu ihrem Stetson wie ein Mann. Sie sitzt auch wie ein Mann im Sattel.

So fahren sie nach Norden zu aus der kleinen Stadt.

Sie lassen den Saloon ohne besonderes Bedauern zurück, obwohl die Saloon-Ausstattung eine Menge Geld wert ist. Ihr bisherigen Helfer – und auch die sechs Mädchen, die man hier einfach nur Putas nennt – haben eine Gruppe gebildet und sehen ihnen nach.

Dann spricht der Klavierspieler Roberto:

»Sie glauben, wir wüßten nichts von dem Gold und dem Erz in den großen Weinfässern. Sie glauben wahrhaftig, wir hätten nicht gemerkt, was sie in den Kellergewölben trieben. Dabei wußten wir schon Bescheid, seit dieser Gringo Caine aus der Kirche einen Saloon machte. Nun wird uns dieser Saloon gehören, uns allen! Denn diese da kommen niemals wieder. Vielleicht haben sie Glück mit ihrem Gold. Wir hätten es nicht, denn wir sind zu einfache Menschen. Es wäre zuviel Gold für uns. Und vielleicht ist es auch zuviel für die da.«

Sie lauschen auf Robertos Worte und nicken schließlich.

Eines der Mädchen sagt:

»Ja, wir sind zu klein für eine große Beute.«

»Und auch wahrscheinlich zu dumm, um damit all dem zweibeinigen Raubwild entkommen zu können. Ob sie es schaffen können?«

Einer der Barmänner sagt die Worte nachdenklich und zwirbelt seinen mächtigen Schnurrbart. »Vielleicht sind wir sogar zu klein und zu dumm, um diesen Saloon für uns behalten zu können. Schon das nächste Rudel Pistoleros macht sich vielleicht hier breit.«

»Dann müssen wir kämpfen«, spricht die dicke Estrella. »Diese Gringos haben uns doch gezeigt, daß man kämpfen muß, will man eine Beute behalten.«

Es wird ein langer, langer Weg für Lance Bronson durch die Nacht nach Santa Ana, ein sehr langer und mühsamer Weg. Denn das Reiten bekommt seinem Kopf ganz und gar nicht. Gewiß hat die Kugel, welche an seinem Schädel entlanggeprellt war, eine Gehirnerschütterung verursacht. Er muß immer wieder nach zwei oder drei Meilen absitzen und sich langlegen am Boden, warten, bis der hämmernde Kopf sich beruhigt und er es wieder wagen kann, sich in den Sattel zu ziehen.

Dennoch nähert er sich in diesen Stunden unaufhörlich dem kleinen Ort, in dem die wunderschöne und auf alle Männer so betörend wirkende Ramona lebt.

Was Lance Bronson tut, ist ganz gewiß unvernünftig gegen sich und seine Gesundheit. Denn eigentlich ist er ein kranker Mann, der einige Tage und Nächte in ein Bett gehört. Dieser Ritt könnte ihn umbringen.

Aber ein böser und erbarmungsloser Zorn treibt ihn an. Immer wieder denkt er in seinem hämmernden Schädel: Dieses verdammte Miststück! Sie wollte mich erschießen lassen von diesem Ringo Weaver. Sie wollte meinen Tod. Jetzt werde ich ihr zeigen, daß ihre Schönheit und all ihre Reize ihr nicht mehr helfen können. Verdammt, ich werde sie bestrafen.

Lance Bronson ist ein harter und zäher Bursche, und der Zorn treibt ihn an. Fast jeder andere Mann an seiner

Stelle wäre längst vom Pferd gefallen oder gar gestorben. Er aber bleibt im Sattel und legt Meile um Meile zurück, obwohl ihm das immer schwererfällt.

Als dann endlich die Sonne hochkommt und der neue Tag im Gegensatz zur Nacht fast völlig wolkenlos wird, da sieht er endlich den kleinen Ort Santa Ana vor sich, so wie damals an jenem Tage, da er hier zum ersten Male ankam, um bald darauf in die Gefahr zu geraten, von Ramona total verhext zu werden und ihr zu verfallen wie einem süßen Gift.

Er ist nun klug genug, seine grimmige Ungeduld zu zügeln und in seinem Zustand nicht einfach hinunterzureiten. Der Ritt hat ihn zu sehr zermürbt. Er verspürt zunehmend Schwindelgefühle und einen ständigen Brechreiz.

Und so sucht er sich auf dem Hügelsattel, von dem aus er auf den kleinen Ort hinunterblicken kann, einen geeigneten Platz, bindet diesmal die Pferde an unter Bäumen und legt sich lang.

Es ist noch nicht zu warm – und auch nicht mehr so kühl wie gegen Ende der Nacht.

Eine Weile liegt er so, erträgt das Hämmern in seinem Kopfe und versucht sich zu entspannen und die Schmerzen mit dem Gleichmut eines Apachen zu ertragen.

Irgendwann schläft er ein. Als er erwacht, da glaubt er, daß er leichtes Fieber hat. Oder ist es nur die Hitze? Denn es wurde fast Mittag. Er muß einige Stunden tief und fest geschlafen haben. Vielleicht war es auch eine Ohnmacht. Doch nun fühlt er sich ein wenig besser.

Und so sitzt er auf und reitet hinunter.

Er weiß nicht, daß seine drei Partner in Rio Paso jetzt mit den vier Wagen aufbrechen. Aber das hätte ihn wenig gekümmert in dieser Stunde.

Als er später dann in den kleinen Ort reitet, herrscht dort jene Mittagsruhe, die man Siesta nennt. Auf den Äckern und Feldern – und auch auf den Weinhängen – ruht die Arbeit. Man ist heimgekehrt in die Adobehäuser und -hütten. Niemand beachtet sein Kommen oder kümmert sich überhaupt darum, wessen Pferde den dumpfen Hufschlag im Staube erzeugen. Hitze flimmert über dem Boden, und es gibt kaum Schatten, weil die Sonne genau ihren höchsten Stand erreicht hat.

Er hält vor der Fonda an und rutscht vorsichtig aus dem Sattel. Als er neben dem Pferd steht, verspürt er wieder dieses Schwindelgefühl, so als wäre er arg betrunken. Doch es geht vorbei. Für einen Moment wurde ihm auch schwarz vor Augen, aber auch das währt nicht lange.

Nach einer Weile setzt er sich in Bewegung und rückt dabei seine beiden Colts zurecht, so daß deren Kolben griffbereit sind, so wie er es gewohnt ist zum schnellen Ziehen.

Als er eintritt, klingeln seine Sporen wieder wie damals, als er zum ersten Mal auf den Steinplatten des Fußbodens seine ruhigen Schritte setzte.

Doch es ist nicht ganz so wie damals.

Diesmal steht Ramona nicht in der offenen Tür des Eingangs, diesmal steht sie drinnen am Ende des Schanktisches, als wäre sie ein Gast.

Hinter dem Schanktisch hockt Don Philippe so wie damals.

Bronson hält inne. Er hört Ramonas Stimme mit einem kehligen Klang, der wie ein Locken klingt, sagen:

»Ay, da bist du ja, mein stolzer Gringo. Hast du endlich zu mir zurückgefunden? Ich habe lange auf dich warten müssen. Hier, trinke den kühlen Wein zum

Willkommen. Wir werden ein Fest feiern, nur wir beide.«

Sie schiebt ihm einen gefüllten Weinbecher hin, der da auf dem Schanktisch steht, als hätte sie ihn sich für den eigenen Genuß gefüllt.

Er verharrt noch. Und es ist abermals ein leichtes Schwindelgefühl in ihm. Vor seinen Augen flimmert es ein wenig. Seine Sicht wird unscharf.

Mein verdammter Schädel, denkt er.

Doch dann wird ihm wieder besser.

Er blickt von Ramona auf Don Philippe, der bewegungslos wie ein zerzauster Falke in seinem Horst wirkt, von dem aus er alles beobachtet.

»Ich habe diesen Ringo Weaver mitgebracht«, murmelt Bronson. »Draußen liegt er quer über seinem Pferd. Weißt du, Ramona, ich habe nun genug von dir. Und deshalb kam ich her, um euch beide zu töten.«

Seine Händen hängen nun über den Revolverkolben, aber irgendwie muß er wohl noch die Schwelle einer letzten Hemmung überwinden.

Denn Ramona ist so wunderschön und reizvoll. Er erinnert sich in diesen Sekunden wieder an ihren Körper, an alles, was er mit ihr erlebte, als sie sich in den Armen hielten in jenen Tagen und Nächten und sich immer liebten.

Ja, sie hat fast wieder aufs neue Macht über ihn gewonnen.

Als er damals nach Rio Paso zurückritt, da war es wie eine Flucht. Indes er noch zögert und sich zu diesem unheilvollen Entschluß durchringen muß, wird ihm wieder schwarz vor Augen.

Und abermals dreht sich alles um ihn. Er fällt auf die Knie, stößt ein bitteres und schmerzvolles Seufzen aus und verliert die Besinnung.

Dieser Ritt war zuviel für ihn.

Und vielleicht sperrte sich auch etwas in ihm dagegen, Ramona zu töten.

Er fällt schwer auf den Steinboden der Fonda.

Don Philippe aber bringt die abgesägte Schrotflinte unter dem Schanktisch hervor zum Vorschein und richtet die Doppelmündung auf den bewegungslos am Boden liegenden Revolvermann, dem die beiden Colts im Kreuzgurt nun gar nichts mehr nützen.

Doch Ramona sagt schnell:

»Nicht schießen, Onkel Philippe. Den bekomme ich nun in meine Gewalt. Dieser Gringo frißt mir bald aus der Hand.«

Die vier Wagen fahren an diesem Tage noch fast zwanzig Meilen den Wagenweg am Pecos entlang, bis sie endlich anhalten und ein Camp aufschlagen.

Die vier Fahrer und Maultiertreiber haben mit den zweiunddreißig Maultieren der vier Achtergespanne zu tun.

Lonnegan und Stonebreaker versorgen die Reitpferde. Und Linda übernimmt das Kochen, so als hätte sie nie etwas anderes getan, als für eine Mannschaft von Männern zu sorgen.

Es wird dann eine friedliche Nacht. Stonebreaker und Lonnegan lösen sich bei der Wache ab, denn sie wollen den Helfern dies nicht überlassen. Diese vier Mexikaner bilden im Camp auch eine Gruppe für sich. Sie verhalten sich respektvoll, so wie es Bedienstete gegenüber ihrer Patrons zumeist tun. Es sind mehr oder weniger einfältige Burschen, die sich allein auf ihre Aufgaben beschränken.

Dies würde auch so sein, wenn sie plötzlich neue

Herren bekämen. Es steckt ihnen so seit vielen Generationen im Blut.

Diese Schicht der Bevölkerung hat immer nur irgendwelchen Herren folgsam gedient und sich nie um deren Probleme untereinander gekümmert.

Es ist Bud Lonnegan, der dann im grauen Morgen zum Aufbruch drängt und den vier Fahrern mit ziemlich rüden Worten ›Beine macht‹, wie man so treffend sagt, wenn ein Boß seine Untergebenen antreibt – oder ein Offizier seine Soldaten.

Noch bevor die Sonne aufgeht, sind sie wieder unterwegs und bleiben auf dem Wagenweg der den Windungen des Pecos folgt.

Es wird wieder ein heißer, hitzeflimmernder Tag.

Die drei Reiter meiden zumeist den von Maultieren und Wagen aufgewirbelten Staub, reiten mal vor und hinter dem kleinen Wagenzug.

Manchmal reitet einer der beiden Männer auf einen Hügel, von dem aus er einen weiteren Überblick hat.

Doch bis auf einen Wagenzug, der ihnen entgegenkommt, sehen sie nichts in weiter Runde. Und so wird es Mittag ohne besondere Ereignisse. Sie kamen gut vorwärts und halten endlich an, um den Gespannen eine längere Ruhepause zu gönnen und die schwitzenden Tiere vorsichtig zu tränken. Sie alle finden Schutz unter den Bäumen am Flußufer und halten einen längere Siesta.

Es ist dann später Nachmittag, als die Sonne nicht mehr so erbarmungslos brennt. Die Wagen setzen sich wieder in Bewegung, begleitet von dem Knallen der Peitschen und den scharfen Rufen der Fahrer. Sie fahren zum Wagenweg hinüber, wo bald wieder der Staub wirbelt.

Als Linda McNally und die beiden Männer aufsitzen

wollen, um den Wagen zu folgen, da sagt Bud Lonnegan ruhig:

»Einen Moment noch? Wartet! Denn da wäre noch etwas zu erledigen!«

Linda und Mike halten inne. Mike Stonebreaker fragt mürrisch: »Was ist denn noch zu erledigen?«

Bud Lonnegan kommt nun hinter seinem Pferd hervor.

Linda und Stonebreaker sehen, daß er seinen Colt schußbereit in der Hand hält. Er hat die Mündung auf Stonebreaker gerichtet.

»Du wärst noch zu erledigen, Mike«, spricht er heiser. »Weißt du, Mike, ich mochte dich nie besonders leiden. Und ich denke nicht daran, dir auch nur eine Unze vom Gold zu überlassen. Mike, du bist tot. Ich hätte dich auch die ganze Zeit unterwegs schon von hinten abknallen können, aber du sollst mich ansehen können, wenn ich dich aus dem Spiel nehme wie einen Bauern beim Schach. Du hast mir mal gedroht, daß du mich mit einer deiner Fäuste töten könntest, selbst wenn dir noch mal die Handknochen brechen würden. Oh, du verdammter ehemaliger Gladiator, ich werde dir diese Chance nicht geben. Also . . .«

Es sieht tatsächlich so aus, als würde er jetzt abdrükken. Doch da ruft Lindas Stimme scharf:

»Halt, Lonnegan!«

Er sieht zu ihr hinüber.

»Misch dich nur nicht ein«, warnt er.

Doch sie schüttelt heftig den Kopf.

»Du wirst ihn nicht töten, Bud Lonnegan«, spricht sie scharf. »Du wirst dies nicht wie ein erbarmungsloser Killer tun.«

»Ich tue es doch auch für dich«, sagt er, und sein texanischer Sklang klingt nun noch schleppender.

So heiß der Tag auch immer noch ist, jetzt ist es so, als würde ein kalter Eishauch von Lonnegan ausgehen.

Linda McNally spürt ihn deutlich.

Stonebreaker aber steht ruhig und starrt Lonnegan fest an.

»Wir teilen alles unter uns – nur du und ich, Linda«, spricht Lonnegan. »Du bist doch auch nur eine gierige Raubkatze, eine erbarmunglose Glücksjägerin. Und ich verhelfe dir zu einem größeren Anteil. Denn auch Bronson können wir gewiß abschreiben. Nur du und ich werden übrigbleiben, denn du hast das große Glück, daß ich dich haben will. Wir werden ein ganz besonderes Paar sein und uns ein großes Stück von dieser Welt erobern. Glaub es mir. Also mische dich nicht ein, und laß mich tun, was getan werden muß.«

Und wieder will er abdrücken.

Stonebreaker aber verharrt immer noch. Er müßte ein halbes Dutzend Sprünge machen, um Lonegan erreichen zu können. Lonnegan hätte genügend Zeit, ihm alle sechs Kugeln aus seinem Colt in den Körper zu jagen, und mag Stonebreakers Körper noch so groß und stark sein, sechs Kugeln würden ihn gewiß aufhalten. Sogar einen Büffelbullen würden sie aufhalten.

Stonebreaker hat keine Chance.

Er kann nur hoffen, daß es Linda gelingt, Lonnegan von seinem Vorhaben abzubringen.

Und wenn ihr das nicht gelingt, ist er wahrhaftig so gut wie tot.

Lonnegan ist vom Goldfieber befallen. Er will das Gold, und er will Linda. Und wahrscheinlich hatte er als Spieler niemals eine größere Chance in seinem ganzen Leben und auf all seinen Wegen als in diesem Augenblick.

Das glaubt er jedenfalls.

Sie hören beide nun Linda mit klirrender Stimme sagen:

»Auf diese Weise bekommst du vielleicht das Gold – aber nicht mich, Lonnegan. Und wenn du das erst begreifst, wirst du wahrscheinlich auch mich töten! Du bist wohl doch nur ein Spieler und erbarmungsloser Killer. Dir fehlt wahrscheinlich alles, was es einer Frau möglich machen könnte, dir zu vertrauen und sich mit dir einzulassen. Überleg dir, was du tust, wenn du willst, daß wir ein Paar werden.«

Sie können nun beide sehen, daß Lonnegan zögert.

Nun denkt er einige Atemzüge lang nach, verharrt mit dem schußbereiten Colt in der Faust. Und der eiskalte Hauch von bevorstehender Gewalttat weht immer noch von ihm zu Stonebreaker und Linda hinüber. Sie sehen ihm an, daß er innerlich einen harten Kampf austrägt und es ihm schwerfällt, sich zu jenem unheilvollen Entschluß abermals durchzuringen, der anfangs in ihm vorhanden war und von Linda erneut geschwächt wurde.

Es sind grausame Sekunden für Stonebreaker.

Lonnegan sieht in Lindas Augen. In diesen grünen Katzenaugen glaubt er ein Versprechen erkennen zu können.

Und nun sagt sie auch noch:

»Wenn du ihn abknallst, bist du für mich der letzte Dreck. Glaubst du, ich könnte mich mit solch einem Mann einlassen, mit einem Burschen ohne Stolz, der einen Wehrlosen abknallt?«

Vielleicht geben Lindas letzte Worte und der Blick ihrer Augen endlich den Ausschlag.

Denn Lonnegan starrt wieder auf Stonebreaker.

»Ich muß verhindern, daß du uns folgst«, spricht er heiser. »Denn sonst versuchst du es vielleicht in der nächsten Nacht schon, uns im Camp zu überfallen. Ja, ich bin mir sicher, daß du mich mit einem einzigen Fausthieb töten könntest, wenn du nahe genug an mich herankommen kannst. Ich muß also dafür sorgen, daß du uns nicht hinterherschleichen kannst. Ziehe deine Stiefel aus! Und auch dein Pferd nehmen wir mit. Na los, dies ist die einzige Chance für dich, daß ich dich lebend hier zurücklasse. Vorwärts! Schnall auch den Waffengürtel auf und laß ihn einfach fallen.«

Er vibriert einen Moment am ganzen Körper.

Und fast so, als spräche er zu sich selbst, fügt er leiser und fast tonlos hinzu:

»Verdammt, vielleicht muß ich dies nicht noch bitter bedauern.«

Stonebreaker ist kein Narr. Er gehorcht sofort, setzt sich auf den Boden und entledigt sich seiner Stiefel.

»Auch die Socken«, verlangt Lonnegan. »Wirf alles ins Feuer. Es ist noch genug Glut unter der Asche. Verbrenne dein Zeug, los!«

Stonebreaker gehorcht schweigend.

Sie hatten Feuer gemacht, um Pfannkuchen zu braten und Kaffee zu kochen.

Nun verbrennen Stonebreakers Stiefel und seine Socken in den rasch wieder auflodernden Flammen, nachdem Lonnegan mit seinem Hut einige Male fächelte und so einen Windzug erzeugte.

Das gefettete Leder stinkt in den Flammen. Dieser Gestank ist irgendwie symbolisch für das ganze Geschehen hier.

Es ist übel, erbarmungslos, stinkend gewissermaßen wie das brennende Leder der Stiefel.

»Versuche nur nicht, uns zu folgen«, warnt Lonnegan. »Selbst wenn du es irgendwie schaffen solltest, weil du mit viel Glück recht schnell zu einem Pferd gekommen wärst, so wage es nur nicht. Wenn ich dich noch einmal sehe, werde ich einen Sekundenbruchteil später auf dich schießen.«

Er läßt seinen Colt im Schulterholster verschwinden mit einer schnellen Bewegung, die wie Zauberei wirkt.

Und plötzlich hat er die Waffe wieder in seiner Linken.

»Siehst du, so schnell würdest du tot sein«, spricht er heiser. »Und nun geh! Marschier nach Süden! Ich werde dir von hier aus nachsehen. Eine ganze Meile kann ich dir nachsehen. Los, hau ab!«

Stonebreaker tauscht noch einen Blick mit Linda.

O ja, er weiß, daß er ihr sein Leben verdankt. Sie hätte auch tatenlos zusehen können. Doch das vermochte sie nicht.

Er wendet sich nach Süden und setzt sich barfuß in Bewegung. Sein Pferd mit all seinen Siebensachen bleibt bei Lonnegan und Linda zurück. Stonebreaker rettet nur sein Leben.

Aber das ist sicherlich mehr, als er am Anfang hoffen konnte.

Sie sehen ihm nach.

Dann blicken sie sich an.

Und Lonnegan sagt:

»Hast du es begriffen, Linda? Wir sind jetzt ein Paar. Nur wir beide bleiben übrig. Und das ganze Gold gehört uns. Es soll eine Basis werden für einen gewaltigen Aufstieg. Linda, du bist eine schöne Frau. Mit deiner Hilfe werden wir großartige Geschäfte machen überall. Mit solch einem Grundkapital kann man erfolgreich investieren.«

Sie betrachtet ihn schweigend, und ihr ist nicht wohl.

Aber sie hat auf ihren manchmal rauhen Wegen

schon diesem oder jenem Mann gehört, bis sie endlich jenen Mann fand, den sie wirklich lieben konnte und der an einem Klapperschlangenbiß in der Apachenwüste starb.

Und nun soll sie mit diesem Lonnegan ...

Aber hat sie eine andere Wahl?

14

Irgendwann erwacht Lance Bronson in Santa Ana und wird sich eine Weile später darüber klar, daß er in einem Bett liegt, das er schon kennt.

Er wittert auch Ramonas Duft. Es ist ein besonderer, süßer Duft. Er kennt ihn zu gut, denn er erinnert sich an all die Tage und Nächte hier, in denen Ramona sich ihm immer wieder leidenschaftlich anbot und ihm das Paradies bereitete, so wie er es zuvor noch niemals mit einer Frau erleben konnte.

Ja, es ist dieses Bett.

Sein Kopf schmerzt nicht mehr schlimm. Selbst als er sich aufsetzt, verspürt er nur ein schwaches Schwindelgefühl. Auch das Hämmern im Kopf wird nicht stärker.

Und so fragt er sich, wie lange er wohl hier gelegen hat in tiefster Bewußtlosigkeit, die dann nach Stunden wahrscheinlich in Schlaf überging.

Ja, es geht ihm besser. Er erinnert sich auch wieder,

daß er zusammenbrach, als er den Entschluß gefaßt hatte, Ramona und Don Philippe zu töten.

Warum haben sie ihn dann nicht getötet?

Er war völlig wehrlos.

Aber sie ließen ihn in dieses Bett schaffen.

Die Tür des Zimmers geht auf.

Ramona tritt an sein Bett und setzt sich zu ihm auf die Bettkante. Sie lächelt auf ihn nieder und fragt dann:

»Nun, Gringo, wie geht es dir jetzt? Du hast eine üblen Streifschuß abbekommen. War dieser Ringo Weaver nicht schnell genug? Wir haben ihn vorhin beerdigt. Aber du lebst. Ist das nicht wundervoll?«

Sie verstummt mit einem leisen Lachen in der Kehle. In ihren Augen funkelt es wild und herausfordernd, und wie damals schon strömt von ihr etwas aus, was ihn zu verzaubern oder zu verhexen versucht.

»Du hast diesen Weaver geschickt, um mich töten zu lassen«, murmelt er. »Warum hast du mich vor Stunden nicht getötet, als ich bewußtlos zusammenbrach?«

Wieder lacht sie leise.

»Ich habe mich unsterblich in dich verliebt«, behauptet sie dann. »Weil du mir davongelaufen bist, wurde mein Stolz verletzt. Ich sandte dir dann sogar durch einen Boten einen Brief. Und als du immer noch nicht zurückgeritten kamst, da wollte ich deinen Tod. Ja, da haßte ich dich, weil ich meine Liebe verraten fühlte. Vergiß nicht, ich bin eine Frau von spanischer Abstammung. Ich bin nicht nur heißblütig in der Liebe, sondern auch in meinem Stolz. Was ist falsch daran? Ich bin mit normalen Maßstäben nicht zu messen. Begreif dies doch endlich, du verdammter Gringo. Gib endlich zu, daß du nirgendwo eine Frau finden wirst, die mit mir vergleichbar wäre, die dir all das geben könnte, was ich dir zu geben imstande bin. Sag es mir. Und wenn du mich immer noch töten möchtest, dann los! Deine Revolver liegen dort auf dem Nachtschrank. Nimm sie doch und schieße!«

Sie ruft die letzten Worte wie eine wilde Herausforderung.

Doch dann wirft sie sich über in und sucht mit ihren vollen und so geschmeidigen Lippen seinen Mund.

Und es geht ein starker Zauber von ihr aus.

Ja, sie ist wie eine berauschende Droge, der er erliegt. Er kann nichts dagegen tun. Und so liegen sie sich wieder in den Armen. Und alles wird wie damals, als er hier das Paradies erlebte.

Der sonst so harte, kühle und Frauen gegenüber stets überlegene Lance Bronson erliegt dieser Ramona nun jetzt ganz und gar.

Mike Stonebreaker wandert tatsächlich fast eine ganze Meile nach Süden, denn er weiß, daß Lonnegan dies ganz gewiß beobachtet und daß er ihm nachreiten und ihn erschießen würde, hielte er an.

Als er dann in Deckung einer Flußbiegung und deren Uferwald ist, verläßt er den Wagenweg und geht zum Fluß hinunter.

Seine nackten Füße sind schon übel ruiniert. Denn das Büffelgras ist hart. Es gibt überall Disteln und Stachelgewächse mit Dornen. Und im Staub des Wagenwegs liegen immer wieder harte Wurzeln und Steine.

Er stellt sich ins knöcheltiefe Wasser des Ufers und kühlt seine Füße.

Wenn er ein Apache wäre, mit dicker Hornhaut an den Füßen, könnte er vielleicht dem Wagenzug folgen. Doch mit seinen Füßen käme er nicht weit. Schon nach wenigen Meilen wären sie blutige Klumpen.

Er hat verloren und kann froh sein, daß er noch lebt. Das hat er gewiß Linda zu verdanken, denn Lonnegan wollte sich durch einen Mord nicht ihre Verachtung erwerben.

Im Gegenteil, Lonnegan will, daß Linda ihn achtet und für den einzig richtigen Partner hält.

Was nun?

Nach Rio Paso ist es weit, wahrscheinlich fast vierzig Meilen.

Auch die kann er barfuß nicht schaffen – es sei denn, er ließe sich viele Tage und Nächte Zeit.

Er hat nur eine einzige Chance, nämlich die, daß jemand auf dem Wagenweg dahergezogen kommt, ganz gleich aus welcher Richtung.

Vielleicht nimmt man ihn dann mit oder überläßt ihm ein Reittier.

Selbst wenn er jetzt wieder ein paar Stiefel bekäme, würde ihm das nicht allzuviel helfen. Seine Füße sind ruiniert.

Nur in Sandalen könnte er vielleicht einigermaßen laufen, ohne daß er dabei halb wahnsinnig würde vor Schmerzen.

Er blickt über den Fluß zum anderen Ufer hinüber, so als hätte er Hoffnung, daß es drüben einen Ausweg geben könnte.

Doch da sieht er etwas in der leichten Strömung herangetrieben kommen, keinen halben Steinwurf weit entfernt von ihm.

Er kann nicht sofort erkennen was es ist, jedenfalls aber ist es ein treibender Tierkörper, vielleicht eine Antilope, ein Coyote oder gar Wolf.

Stonebreaker geht tiefer ins Wasser hinein. Als er den treibenden Tierkörper erreicht, reicht ihm das Wasser bis zum Gürtel. Er faßt das Tier an einem Hinterbein und macht sich auf den Rückweg, zieht es hinter sich durch das Wasser her.

Es ist eine Antilope. Nun weiß er es.

Grimmig schnaufend setzt er sich dann mit der toten Antilope in den Ufersand und holt sein Taschenmesser aus der Hosentasche. Das Tier ist unversehrt. Wahrscheinlich stürzte es irgendwo mit einem einbrechenden Ufer, das vom letzten Hochwasser unterhöhlt wurde, in den Fluß und ertrank, wie ja auch Menschen manchmal ertrinken.

Mike Stonebreaker knurrt grimmig:

»So, jetzt werde ich diese Antilope abhäuten und mir einige Sandalen machen. Oha, Lonnegan, ich bekomme dich! Ja, ich werde dich wahrhaftig noch mit der bloßen Faust erschlagen. Da wird dir dein schneller Revolver nicht helfen. Aaaah, Lonnegan, diese tote Antilope ist der Anfang zu deinem Untergang.«

Es dauerte keine Stunde, da hat er das Tier abgehäutet und aus seinem Fell mehrere primitive Sandalen und einige Rohlederriemen gemacht. Es ist noch Nachmittag, als er sich auf den Weg macht.

Wohl schmerzen ihm die Füße bei jedem Schritt. Natürlich spürt er auch unter dem doppelten Leder der Sandalen alle Unebenheiten, Steine, Wurzeln und manchmal sogar einzelne Dornen, wenn er nicht genau aufpaßt, wohin er tritt.

Doch er hat nun seine Chance erkannt. Ein erbarmungsloser Wille treibt ihn jetzt an. Er hat schon so manchen verloren geglaubten Kampf nach vielen Runden, die an den Gegner gingen, sozusagen aus dem Feuer gerissen und gewonnen. Er ist einer dieser Burschen, die bis in die Hölle und zurück durchhalten, wenn sie sich in etwas verbissen haben, was zu einer großen Herausforderung für sie wurde.

Manchmal denkt er an Linda.

Nein, sie soll diesem Lonnegan nicht gehören müssen, damit er sie am Reichtum des Goldes teilhaben läßt.

Meile um Meile marschiert Stonebreaker, manchmal fluchend, stöhnend, dann wieder grimmig rufend:

»Lonnegan, ich komme. Lonnegan, ich bin unterwegs!«

Linda und Lonnegan reiten dem Wagenzug nach und setzen sich an seine Spitze. Ihre Fahrer sehen zwar, daß Stonebreaker jetzt fehlt und daß sie sein Sattelpferd bei sich haben – Lonnegan band es hinter dem vordersten Wagen an –, aber sie stellen keine Fragen. Es geht sie nichts an.

Erst nach einigen Meilen sagt Lonnegan aus dem Sattel zu Linda hinüber:

»Du wirst es nicht bedauern, wenn du all deine Chips auf mich setzt und wir ein Paar werden, das gemeinsam jagt. Du wirst es nicht bedauern. Sieh mich an und sag mir, was dir an mir nicht gefällt.«

Sie betrachtet ihn reitend vom Sattel aus, und sie sieht einen blonden und blauäugigen Texaner, der sogar mal ein Offizier der Rebellenarmee gewesen sein könnte.

Sie sieht einen Mann, der gewiß Eindruck auf Frauen macht.

Er sieht mehr als nur gut aus.

Aber er ist ein Mistkerl, denkt sie, der über Leichen geht, wenn er Beute machen will wie ein zweibeiniger Wolf. Er ist ein Mistkerl! Wo mag Lance Bronson jetzt sein, der einzige Mann, der ihm gewachsen wäre? Aber auch Bronson ist gewiß nicht viel anders geartet. Diese beiden Texaner gehören zur Sorte der erbarmungslosen Jäger, die ständig auf der Suche nach Beute sind. Jetzt wird der Hurensohn wohl bei dieser Ramona sein. Von ihr bekam er sicherlich, was ich ihm nicht geben wollte.

Aus diesen Gedanken heraus wendet sie sich an Lonnegan und fragt:

»Und was wirst du tun, wenn Bronson mit dieser Ramona und einem Rudel Revolverschwinger oder Pistoleros auftaucht, um uns alles abzunehmen?«

Sie sieht ihn mit den Achseln zucken.

Dann hört sie ihn erwidern:

»Es ist ein Spiel wie jedes andere. Man macht seinen Einsatz und hofft auf sein Kartenglück. Wer weiß, was mit Lance Bronson geschehen ist, dort irgendwo im Süden, wo es die kleine Stadt Santa Ana geben soll – wer weiß es schon? Was auch kommen mag, man muß alles so nehmen wie gute oder schlechte Karten in einem Spiel. Wenn sie erst einmal ausgeteilt sind . . .«

Er vollendet den angefangenen Satz nicht mehr, sondern zuckt wieder gleichgültig mit den Achseln.

Sie aber denkt: Er ist ein Spieler, nur ein verdammter Spieler, der immer wieder alles auf eine Karte setzt. O Verdammt, er ist nur ein Spieler, der letztlich auch mit unserer Beute nichts erreichen wird, weil er stets zuviel riskiert. Und von ihm bin ich jetzt abhängig. Mir wäre jetzt wohler, wenn Mike Stonebreaker noch bei uns wäre, sehr viel wohler.

Sie denkt mit einem tiefen Bedauern an den ehemaligen Preiskämpfer zurück. Denn sie glaubt, daß sie ihm hätte vertrauen können. Zwischen ihm und ihr war stets ein stillschweigendes Einverständnis, und er hatte sie auch nie irgendwie bedrängt oder auch nur durch seine Blicke beleidigt.

Doch nun ist Mike Stonebreaker barfuß und ohne

Waffe irgendwo dort im Süden zurückgeblieben. Er kann barfuß diesen Wagenzug nicht mehr einholen. Schon nach wenigen Meilen würden seine Füße blutige Klumpen sein.

Schade, denkt Linda McNally immer wieder, schade, denn er wäre der einzige anständige Partner für mich gewesen.

Sie reiten nun Meile um Meile schweigend dem kleinen Wagenzug voraus. Auch als es Abend wird und die Sonne im Westen hinter der mächtigen Kette der Davis Mountains versinkt, die weiter im Norden in die Guadalupe Mountains übergehen, die den El Capitan Peak im Bogen umgeben, da bleiben sie immer noch in Bewegung, solange die Sicht ausreicht.

Es ist dann spät in der Nacht, als sie am Pecos anhalten und das Camp aufschlagen. Indes die Fahrer ihre Gespanne tränken, beginnt Linda Kaffee zu kochen und Tortillas zu backen, die sie auf einem flachen Stein stapelt. Lonnegan versorgt die Reitpferde und sucht Holz zusammen.

Man könnte glauben, daß dies das friedliche Camp eines kleinen Wagenzuges wäre.

Doch als Lonnegan einmal eine Menge Holz ablädt, das er am Ufer sammelte, wo es bei Hochwasser vom Fluß als Treibholz abgeladen wurde, da verharrt er einige Minuten lang und sieht ihr zu.

Sie legt den Tortillateig in die große Pfanne und blickt zu ihm hoch.

»Was ist?« So fragt sie spröde und abweisend.

Er grinst auf sie nieder.

»Diese Nacht«, sagt er langsam Wort für Wort, »liegen wir unter einer Decke.«

Sie nickt wortlos, denn sie weiß, es bleibt ihr keine andere Wahl.

Er grinst immer noch auf sie nieder.

»Und wenn du vorher im Pecos ein Bad nehmen möchtest, werde ich dir dabei Gesellschaft leisten und deinen wunderschönen Körper im Mondschein bewundern.«

Nach diesen Worten geht er wieder, um noch mehr Holz zu sammeln. Denn das Feuer muß die ganze Nacht brennen, weil die Nächte hier in der zweiten Hälfte sehr kühl werden bei klarem Himmel.

Lance Bronson und Ramona sitzen am Vormittag beim Frühstück, als Don Philippe auf seinen Krücken in die Küche kommt.

In seinem Gesicht ist ein triumphierender Ausdruck.

»Jetzt geht es los«, sagt er. »Es kam Nachricht aus Rio Paso. Sie sind aufgebrochen mit vier schwerbeladenen Wagen. Sie fahren durch das Pecos Valley nach Norden. Jetzt müssen wir reiten, um ihnen das Gold abzunehmen.« Er starrt Lance Bronson an und fragt: »Mit wem willst zu teilen – mit ihnen oder mit uns?«

»Mit uns natürlich«, lacht Ramona und wirft Bronson über den Tisch hinweg eine Kußhand zu, »mit uns natürlich, denn dann bekommt er mich zu dem Gold als Zugabe. Oder ist es nicht so, mein stolzer Gringo?«

Sie nennt ihn stets nur Gringo, nicht bei seinem Namen.

Doch immer dann, wenn sie Gringo sagt, dann klingt es herausfordernd und aufreizend zugleich, und so erhält das Wort, das ja eigentlich Fremder bedeutet, eine besondere Bedeutung.

Lance Bronson sieht sie an.

Und er denkt: Ja, sie sieht es wohl richtig.

Er nickt. Doch dann sagt er:

»Glaub nur nicht, Ramona, daß du mich eingefangen hast wie einen dummen Hammel.«

Da wird sie ernst.

»Nein, mein stolzer Gringo«, erwidert sie, »das glaube ich nicht.«

»Dann reiten wir jetzt los«, mischt sich Don Philippe wieder ein. »Wie viele Reiter sollen wir mitnehmen – ein Dutzend?«

»Du willst mitreiten?« Bronson stellt die Frage staunend und blickt auf Don Philippes Krücken. Aber Don Philippe lacht. »Im Sattel sieht man nicht, daß ich ein Krüppel bin, weil ein Toro mir das Hüftgelenk zerschmetterte, nein, im Sattel bin ich ein richtiger Mann. Wie viele Reiter nehmen wir also mit? Ich kann fast ein Dutzend zusammenholen.«

Lance Bronson schüttelt den Kopf.

»Ich habe zwei Revolver«, sagt er ruhig. »Wir reiten allein – nur wir drei. Meine beiden Revolver genügen.«

15

Für Mike Stonebreaker wird es ein erbarmungsloser Weg des Leidens. Jeder Schritt schickt eine Schmerzwelle durch seinen Körper, denn die primitiven Sandalen schützen seine blutigen Füße nur unvollkommen.

Dennoch wandert er weiter, Schritt für Schritt, manchmal stöhnend, dann wieder schnaufend oder fluchend.

Seine Gedanken sind nur auf ein einziges Ziel gerichtet, und selbst als es dann Nacht wird, hält er nicht inne, wandert weiter, setzt Schritt für Schritt und starrt in die Ferne.

Er weiß ja, daß der Wagenzug irgendwo angehalten hat. Es kann gar nicht anders sein. Und so ist er sicher, daß er irgendwo voraus ein rotes Feuerauge in der Nacht leuchten sehen wird, wenn er nur lange genug marschiert.

Mike Stonebreaker hat als Preiskämpfer schwere und

böse Kämpfe durchstehen müssen, denn stets ging es um hohe Wettsummen. Dies hier aber wird sein schwerster und bitterster Kampf.

Manchmal ist er wirklich fast soweit, aufzugeben.

Doch dann denkt er wieder an diesen Bud Lonnegan, der ihn töten wollte und nun Linda besitzen wird, weil Linda gar keine andere Wahl hat. Der bittere Zorn treibt Mike Stonebreaker, den ehemaligen Champ of Mississippi, dann wieder vorwärts und läßt ihn alle Schmerzen ertragen.

Manchmal denkt er: In all meinen Kämpfen habe ich mir die Hände ruiniert. Nun geschieht es mit meinen Füßen. Aber ich will diesen Lonnegan erschlagen, und wenn es das Letzte ist, was ich auf dieser Erde noch tun werde.

Und so quält er sich Meile um Meile vorwärts. Stunde um Stunde.

Irgendwann dann – es muß schon fast Mitternacht sein –, erblickt er das rote Feuerauge in der Nacht.

Er hält inne und schnauft.

Dann murmelt er heiser:

»Oha, Lonnegan, ich komme. Gleich bin ich bei dir.«

Linda weiß, daß sie eine Gefangene ist und keine andere Wahl hat. Wenn sie sich nicht mit Lonnegan arrangiert, wird er sie vielleicht davonjagen wie Stonebreaker. Und nichts wird ihr bleiben – nichts vom Gold.

Was bleibt ihr also übrig?

Nichts! Sie muß sich Lonnegan ergeben, ganz und gar.

Doch hat sie dies auf ihren manchmal so rauhen Wegen nicht schon mehr als einmal tun müssen? Und tun dies nicht jeden Tag auf dieser Erde unzählige Frauen und gehen Verbindungen ein, die nichts mit Liebe, sondern allein nur mit Vorteilen zu tun haben? Ist es nicht so auf dieser Welt?

Nein, sie wird da nicht die große Ausnahme sein.

Es ist schon fast Mitternacht, als sie im Mondschein zum Pecos geht – es sind ja nur wenig mehr als drei Dutzend Schritte – und sich zu entkleiden beginnt. Ja, sie braucht dieses Bad, mag danach kommen was will. Sie ist am ganzen Körper stark verschwitzt. Ihre Haare sind verklebt von Staub und Schweiß. Sie riecht nach dem Feuer und den Tortillas.

Ein Bad im Fluß – so meint sie – wird ihr gewiß helfen, alles, was danach kommen wird, leichter zu ertragen.

Als sie in den Fluß hineingeht, hält sie erst inne, bis ihr das Wasser bis über die Hüften reicht. Sie spürt die Strömung und taucht unter. Als sie wieder auftaucht, bleibt sie hocken, so daß ihr das Wasser bis zum Kinn reicht.

Sie blickt im Mondschein zum Ufer hinüber. Dort sieht sie Lonnegan. Ja, er hat zugesehen, wie sie nackt in den Fluß stieg. Nun entledigt er sich seiner Kleidung, wirft diese in den Ufersand und folgt ihr.

Als er fast schon bei ihr ist, lacht er leise und spricht mit dem selbstbewußten Tonfall eines Siegers: »Ich wußte immer, daß ich dich eines Tages bekommen würde auf irgendeine Art.«

Sie ist eine gute Schwimmerin, und sie könnte untertauchen und gewiß mit der leichten Strömung des Flusses schnell aus seiner Reichweite gelangen. Doch sie ergreift nicht die Flucht. Es wäre dumm. Er brächte es fertig, sie nackt zurückzulassen. Sie ist ganz und gar in seiner Hand.

Und dieser Mistkerl nutzt es aus, denkt sie bitter.

Aber dann sieht sie etwas am Ufer.

Es ist ja eine helle Mondnacht mit einem glitzernden Sternenhimmel.

Sie kann die vier Wagen sehen, auch die Tiere im rasch errichteten Seilcorral zwischen einigen weit auseinanderstehenden Bäumen.

Und nun sieht sie einen Mann ans Ufer kommen – einen sehr großen Mann. Es kann keiner der vier Fahrer und Maultiertreiber sein, denn diese sind sehr viel kleiner und gedrungener.

Sie will es zuerst nicht glauben, aber als der Mann am Rand des Ufers verhält, da erkennt sie ihn in der hellen Nacht deutlich genug.

Und nun hört nicht nur sie seine Stimme sagen:

»He, Lonnegan, da bin ich! Muß ich dich erst aus dem Fluß holen oder kommst du freiwillig heraus?!«

Lonnegan, der schon fast bei ihr ist und dem das Wasser bis zu den Hüften reicht, zuckt zusammen. Er wendet sich um und sieht Mike Stonebreaker.

Er stößt einen seltsamen Laut aus, der sich aus den Gefühlen der Wut, Bitterkeit, Enttäuschung – und vielleicht auch schon der Resignation und Angst zusammensetzt. All dies ist in diesem Laut enthalten, der mehr ist als nur ein stöhnendes Seufzen.

Für Lonnegan bricht jetzt wahrscheinlich eine ganze Welt zusammen.

Soeben fühlte er sich noch als der große Sieger. Er hatte die vier Wagen mit dem Gold, und er hatte die Frau. Dies alles hielt er für seinen bisher größten Gewinn.

Nun aber fällt alles zusammen wie ein Kartenhaus.

Dort drüben am Ufer liegen seine Kleider. Auch die Halfter mit dem Colt, dieses maßangefertigte Schulterholster, aus dem ihm der Colt wie durch Zauberei in die Hand sprang, liegt dort unter dem Busch, auf dem er seine Kleider warf. Seine Wünsche, Linda zu besitzen und mit ihr im Fluß zu baden, alles genüßlich auszukosten mit ihr, waren zu stark. Er vergaß jede Vorsicht.

Nun steht er nackt im Fluß und hat seine Waffe nicht zur Verfügung.

Und dort steht Mike Stonebreaker und wartet.

»Na komm schon«, fordert Stonebreaker. »Wenn ich zu dir in den Fluß kommen muß, dann ertränke ich dich wie eine Ratte. Denn ich bin am Mississippi aufgewachsen. Ich kann schwimmen und tauchen wie ein Fisch. Komm raus!«

Bud Lonnegan stößt abermals diesen seltsamen Laut aus.

Doch dann faßt er Mut.

Er erinnert sich daran, daß Stonebreakers Handknochen vielleicht schon beim ersten harten Schlag brechen kann. Und wenn er diese ersten Schläge überleben kann, dann hat er gewiß eine Chance. Er ist ja selbst ein großer, schwergewichtiger Bursche und ging schon durch viele Kämpfe auch mit den Fäusten. Und wer weiß, vielleicht gelingt es ihm, an Stonebreaker vorbeizukommen und mit einem Hechtsprung zu seinem Colt zu gelangen. Wenn er die Waffe in der Hand hat, muß er sich nur auf dem Rücken rollen und schräg nach oben schießen, bevor Stonebreaker sich auf ihn werfen kann.

Er blickt über die Schulter auf Linda zurück und murmelt:

»Freu dich nur nicht zu früh, Linda. Es war ein Fehler von mir, ihn am Leben zu lassen. Ich tat es, weil du mich darum gebeten hast. Es war ein Fehler von mir. Aber ich schaffe ihn. Er ist ja mit seinen Händen fast ein

Krüppel. Er kann gar nicht mehr so fest zuschlagen. Den schaffe ich!«

Seine drei letzten Worte klingen so, als wollte er sich Mut machen und seine Zweifel verdrängen.

Er geht dann zum Ufer hinüber, steigt Schritt für Schritt höher aus dem Wasser.

Am Ufer weicht Stonebreaker einige Schritte zurück und erwartet ihn.

In Lonnegan ist trotz seiner mutigen Worte dennoch ein wildes Gefühl der Verzweiflung. Er weiß, daß er nur mit viel Glück gewinnen kann. Und so stürmt er plötzlich tief geduckt vorwärts. Er will Stonebreakers Beine in Kniehöhe umfassen und ihn zu Fall bringen. Vielleicht kann er so über Stonebreaker hinweg seinen Colt zu fassen kriegen. Es wären ja dann nur noch zwei oder drei Sprünge.

Aber da bekommt er im nächsten Sekundenbruchteil auch schon Stonebreakers Knie unters Kinn. Stonebreaker benutzt nicht mal seine Fäuste. Sein Kniestoß von unten nach oben gegen Lonnegans Kinn wird durch die Wucht von Lonnegans Ansturm noch mächtig unterstützt. Lonnegans Genick bricht gewissermaßen durch seine eigene Mithilfe.

Und dann liegt seine nasse und nackte Gestalt im Ufersand und haucht das Leben aus für immer.

Stonebreaker befühlt sein schmerzendes Knie und bewegt dann vorsichtig sein Bein.

Linda aber steigt aus dem Fluß. Mond und Sterne werfen ihr unirdisches Licht auf ihre nackte, makellos gewachsene Gestalt.

Sie verharrt nur kurz neben Stonebreaker und eilt dann zu ihrer Kleidung. Es fällt ihr nicht leicht, diese über ihren nassen Körper zu ziehen.

Doch Stonebreaker dreht ihr den Rücken und wartet.

Sie tritt dann zu ihm und blickt zu ihm empor.

»Danke, Mike«, sagt sie nur.

Noch bevor die Sonne aufgeht, sind sie mit den vier Wagen unterwegs. Nun reitet Stonebreaker wieder, doch ohne Stiefel. Denn er wird noch viele Tage keine Stiefel tragen können.

Linda behandelte seine Füße.

Und sie beerdigen auch Lonnegan am Ufer des Flusses.

Ihre vier Fahrer und Maultiertreiber sind abermals nur schweigende Beobachter, die sich nicht einmischen. In dieser Hinsicht hat sich seit Jahrhunderten nicht viel geändert. Die einfachen Peones kümmerten sich nie um die Probleme ihrer Patrones.

Der kleine Wagenzug gehört nun Linda McNally und Mike Stonebreaker.

Sie legen Meile um Meile zurück und müssen gegen Mittag dann aus dem Pecos Valley hinauf über einen Hügelsattel, weil die Berge zu dicht an den Fluß reichen. Der kaum erkennbare und nur durch Radfurchen geprägte Wagenweg der nur selten benutzt wird, verläßt nun das Pecos Valley für einige Meilen.

Als sie oben auf dem Hügelsattel sind und die Gespanne nach der langen Steigung verschnaufen lassen, da reitet Stonebreaker zum letzten Wagen und blickt nach Süden. Auch Linda kommt nach hinten geritten und hält ihr Tier neben ihm an.

Was sie zu sehen bekommen, macht ihnen sofort einige Sorgen.

Linda sagt spröde: »Da kommt Lance Bronson. Die Frau neben ihm muß jene Ramona sein, zu der er plötzlich verschwand. Ich denke, er ist zu ihr übergelaufen, weil sie einen Zauber auf ihn ausübt. Was muß sie für eine Frau sein, daß sie einen Mann wie Lance Bronson zu ihrem Ritter machen konnte – oha, was muß sie für Zauberkräfte besitzen!«

Stonebreaker sieht sie von der Seite an und spricht:

»Bronson und dessen zwei Revolver bin ich nicht gewachsen. Ich kenne meine Grenzen. Den kann ich nicht erschlagen. Ich werde keine Chance dazu erhalten. Verstehst du, Linda? Ich werde nicht verhindern können, daß er uns diesen Wagenzug abnimmt.«

Sie nickt. »Ich weiß«, murmelt sie. »Also haben wir verloren, nicht wahr?«

Er blickt hinunter zu den Reitern, die noch am Fluß sind. Doch bald werden sie den langen Hang heraufgeritten kommen.

In etwa zehn Minuten werden sie hier bei den Wagen ankommen.

Und dann?

Stonebreaker fragt:

»Haben wir immer noch das Adergold – ich meine die reinen Goldbruchstücke aus der puren Ader – in dem kleinen Weinfaß?«

»Auf dem vorderen Wagen«, erwidert Linda.

»Dann komm«, sagt er. »Machen wir das Faß leer, vergraben wir das pure Adergold und füllen wir Sand und Geröll in das Faß. Vielleicht sieht Bronson nicht so genau nach, wenn wir oben eine dünne Schicht Bruchgold . . .«

»Wir haben sie, mein stolzer Gringo«, lacht Ramona, als sie den langen Hang hinaufreiten und den Wagen immer näher kommen. »Was wirst du tun, mein stolzer Gringo? Wirst du kämpfen für mich und dich – und für meinen Onkel Don Philippe. Oder ist dir meine Liebe nicht so viel wert?«

Lance Bronson betrachtet sie von der Seite, und es entgeht ihm nicht, wie geschmeidig sie reitet, wie sehr ihr wunderschöner Körper sich den Bewegungen des Pferdes anpaßt. Er denkt: So wie sie, so muß auch jene Eva gewesen sein. Denn wie sonst hätte sie Adam verführen können, so daß sie aus dem Paradies geworfen wurden – wie sonst? Vielleicht werde auch ich mit ihr zwar nicht aus dem Paradies geworfen, doch aber von der Erde und diesem Leben in die Hölle kommen. Aber verdammt, ich will sie noch lange besitzen.

Er erwidert nichts zu Ramonas Frage, sondern reitet vorwärts.

Linda und Mike Stonebreaker erwarten ihn stehend beim letzten Wagen.

Er sitzt ab und nähert sich langsam. Seine Sporen klingeln wie immer im Staub. Es geht eine erbarmungslose Härte von ihm aus.

»Wir fanden Lonnegans Grab«, sagt er. »Du hast ihm wohl mit einem einzigen Schlag den Kopf abgerissen, wie? Nun gut, mit mir kannst du das nicht machen. Ich lasse euch die Reitpferde, wenn ihr einseht, daß ihr verloren habt. Entscheidet euch.«

Sie schweigen noch und blicken auf Ramona, die nun herangeritten kommt und hinter Bronson ihr Pferd zügelt.

Ramona lächelt zu Linda hinüber und fragt:

»He, Schwester, warum hast du ihm nicht das gegeben, was ich ihm gab? Auch du bist wunderschön – nur anders als ich. Irgend etwas mußt du falsch gemacht haben.«

»Vielleicht«, sagt Linda und lächelt zurück. »Aber das stellt sich meistens erst später heraus.«

Sie sieht Lance Bronson an.

»Habe ich etwas falsch gemacht, Lance?«

Aber dieser gibt ihr keine Antwort, sondern blickt zu den vier Fahrern hinüber, welche etwas abseits eine stumme und bewegungslose Gruppe bilden.

»Wendet die Wagen«, ruft er ihnen zu. »Ich bin jetzt euer Patron! Wir fahren wieder nach Süden! Vorwärts, es geht zurück bis El Paso!«

Sie zögern nicht lange, dann gehorchen sie.

Linda McNally und Mike Stonebreaker sehen ihrem kleinen Wagenzug lange nach.

»Vielleicht hat er mit ihr Glück und den vier Wagen voller Golderz, das erst noch feingemahlen und geschwemmt werden muß«, murmelt Linda. »Holen wir unser Gold aus dem Versteck und verschwinden wir damit. Es sind etwas mehr als hundert Kilo, und das reicht auch für uns. Ich bin froh, daß du am Leben bleiben konntest, Mike.«

Sie sehen sich an, und sie wissen, daß sie vielleicht noch sehr lange zusammenbleiben werden.

In der Ferne verschwindet der kleine Wagenzug, hinterläßt eine Staubwolke.

Irgendwann werden Ramona und Bronson merken, daß sie das reine Gold nicht bekommen haben. Doch dann werden Linda und Mike schon sehr weit weg sein.

ENDE

Band 43 249

G. F. Unger

Zaun des Todes

Der Stacheldrahtzaun der mächtigen Star Company bedeutet für die Kleinrancher den sicheren Untergang. Als der erste Blizzard kommt, wissen sie es endgültig. Verzweifelt versuchen die Rinder die schützenden Schluchten und Wälder zu erreichen, aber vor dem Zaun bleiben sie im Schneesturm stecken. Matt Algernon, der skrupellose Boß der Star Company scheint am Ziel zu sein. Aber da kommen zwei Kämpfer ins Land, und auch ihre kleine Herde verreckt vor dem Zaun. Doch im Gegensatz zu den Kleinranchern fügen sich Jack Barryland und Wash Sunshine nicht in das scheinbar Unvermeidliche, sondern erklären Algernon und seiner Revolvermannschaft furchtlos den Krieg . . .

Band 42 254
Falsche Freunde
Originalausgabe

Die Lady und der Gentleman, das war ein explosives und geheimnisvolles Gespann. Er mischte die Karten in einem höllischen Spiel, und als andere noch ein paar Tricks mehr auf Lager hatten, setzte sie ihr Trumpf-As ein – Lassiter. Er sollte den beiden einen Freundschaftsdienst leisten und ihnen den Banditenboß Elmo vom Hals schaffen. Mit Blei. Lassiter nahm den Job an, erledigte ihn jedoch anders, als das Pärchen erwartete. Und im Bleigewitter zwischen den tödlichen Fronten zeigte sich dann, wer die falschen und die wahren Freunde waren . . .

BASTEI LÜBBE